著 kt60《ケーティーロクジュウ》
ill cccpo《スリーシーピーオー》
物理さんで無双してたらモテモテになりました
2
モンスター文庫

シャルル

セリシア
「ラクトさんに謝るんなら、
パンツを脱ぐのが
いいと思うよ……って」
カミーユ

ライナ
リア

「いらっしゃいませ～
ご主人様」
ティアナ
ミーア
レミナ

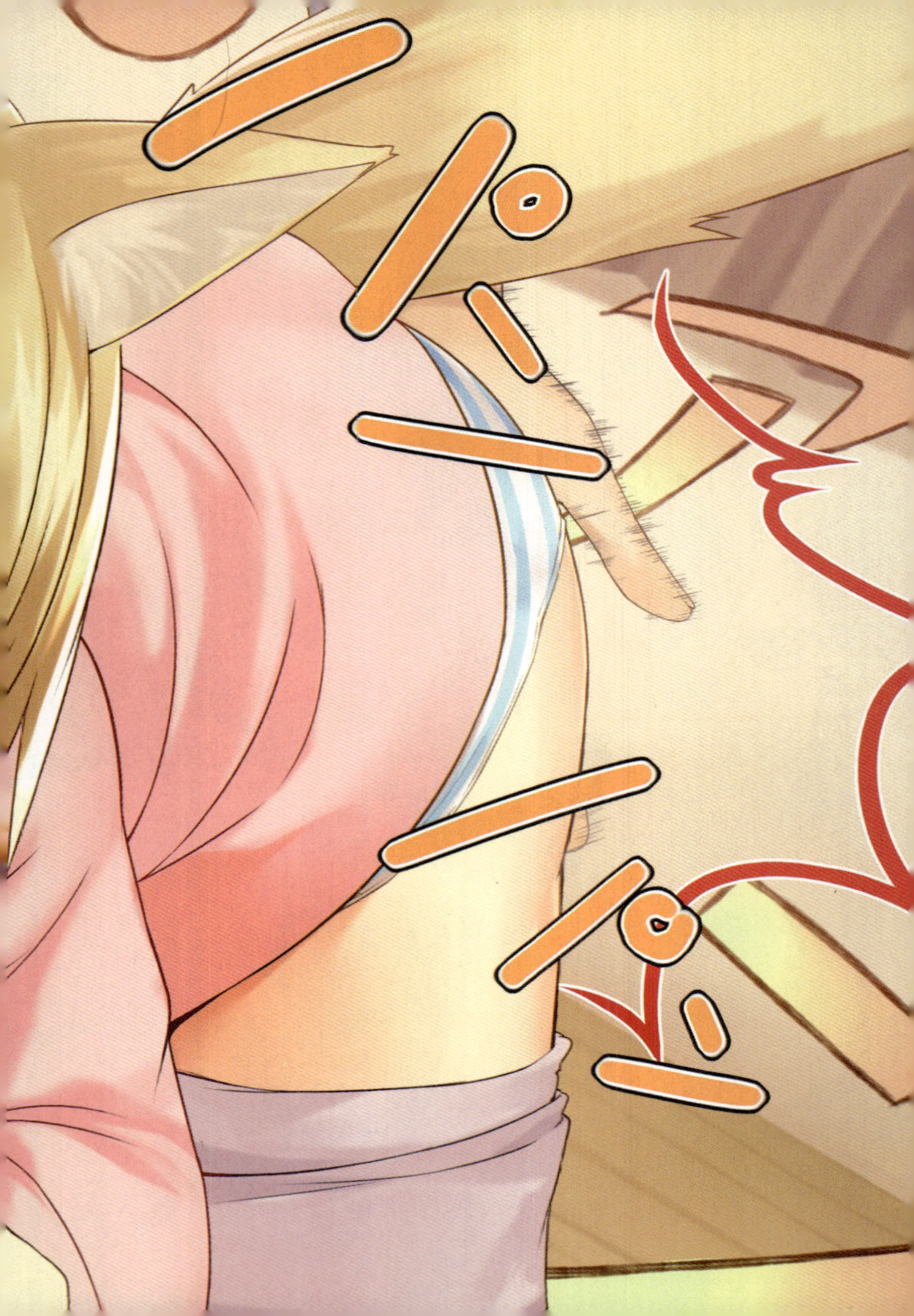
パン
パン

「ひぁあんっ！　やめろよぉ！
なにするんだよぉ！
くそばかっ！　くそばかぁ！」
「この体勢ですることなんて、
ひとつしかないだろ？」

「海賊なんてやってるクセに、
穿《は》いてるパンツはかわいいんだな」
「う～～～」
リンディス

物理さんで無双してたら
モテモテになりました②

kt60

MONSTER
bunko

CONTENTS

プロローグ　レミナが話を持ってきた。

「そろそろか……」

オレは、コトコト煮込んだジャガイモのシチューを、オタマですくって皿へと入れた。

フゥー……っと冷まし、味を見る。

「いい感じだな」

そして、オレの腕に抱きついている、薄紫の髪を持つ少女——リアへと言った。

「はい、あーん、しろ」

リアは、ひょこりと首をかしげた。

「命令……？」

「……違うって言ったら？」

リアは静かに瞳《ひとみ》を閉じた。ツゥ……と、唇を差しだしてくる。

口移しを望むポーズだ。

なかなかに色っぽい。実年齢はゼロ歳のリアであるが、肉体的には成熟している。

オレは顔がじんわり熱くなるのを感じ、リアからそっぽを向いて言った。

「あーん、しろ」

「…………。」

リアはすこし寂《さび》しそうにしつつ、あーん、した。

オレは、白くどろりとしているそれをスプーンですくい、リアの口の中に入れた。

もこもこもこ。リアはかわいく口を動かす。

「おいしいか？」

（こくっ。）

リアを引き取ってから半月。

リアはやわらかい食べ物であれば、普通に食べられるようになっていた。

しかし、スプーンがうまく使えないため、オレが食べさせてやっている。

「ラッ、ラクトさまっ」

隣のシャルル——ピンクの髪をした犬っ子——が、顔をあげた。

「シャルルはシャルルは、およっ、およっ…………助手さんとしての務めを果たしたいシャルルであります……！」

緊張とためらいで顔を真っ赤にしては、オレの口の前にパンを持ってくる。

オレは、あーんと口を開いて食べた。

「はうぅ……！」

シャルルは感激したのか、スプーンでシチューをかき混ぜて、再び、あーんをやってくる。

「アマクサ……」

小さな体にポニーテールを結んでいる、オオカミっ子のライナが、小さく体をゆすった。

「ああ、ごめん」

オレは軽く謝った。ライナが両手で持っていたコップからシチューをすくい、ライナの口の前にやる。

「わたしが言いたいのは、そういうことではないのだが……」

ライナは憮然《ぶぜん》とつぶやいた。

しかし、『それはそれ』ということで、シチューを、あーんして食べた。

もこもこもこ。

ライナは味わってから飲み込む。

「なぁ……アマクサ」

「なに？」

「…………」

「どうしたのさ、ライナ」

ライナは、しばしためらってから叫んだ。

「どうしてわたしがこの位置なのだっ⁈」

「えっ？」

ライナの位置は、オレの膝《ひざ》の上である。

あぐらをかいてるオレの膝《ひざ》に、小さな子どもがそうするように、ちょこんとかわいく座ってる。

「イヤなのか？」

「イヤということは、ないが……」

ライナは小さく縮こまり、シャルルとリアをチラチラと見た。

ふたりはライナより背が高く、体型もライナより大人びている。

シャルルの巨乳はグラビアアイドルクラスだし、リアも体格は女子高生ぐらいだが、胸については、そこらの女子大生ぐらいにはある。

一方のライナは平たい。そして平たい。

床の上に衣服を散らして、そっと手のひら当ててみよう。**それがライナの触感《しょっかん》だ。**

なんていう標語を作れてしまうほど平たい。

小学生の男の子と比較しても、たぶん変わらないと思う。

背丈も小さい。数字にすると、一四〇センチの半ばぐらいだ。

ライナはそれを気にしてる。オレはそれを知っている。

しかしライナが質問するなら、オレは言ってやるしかない。

「それはライナがちっちゃいからだよ」

「はぐぅ………」
ライナは、しおっとうなだれた。
オレはライナの頭を撫《な》でた。
小さくてかわいいライナの頭は、ふんわりとやわらかい。
「いろいろ大変だねぇ、ラクトさんもっ♪」
向かいにいるミーアがあははと笑い、「はい、あーん」とパンを差しだしてきた。
オレは、「あーん」と口をあけ、パンをはむりと口に咥《くわ》えた。
「えへへぇー♡」
ミーアはにっこり顔をほころばせる。頭の上で跳ねた寝癖《ねぐせ》が、ふんわりとゆれた。
オレは、パンといっしょに幸せを噛みしめる。
かわいい女の子たちに囲まれての朝食。
夢オチあつかいされても、おかしくのない天国。
しかしこれ、現実なのだ。
オレは今、リアとシャルルとミーアの四人で暮らしている。
ライナは今日、仕事が休みなので、昨日の夜から泊まりできている。
そして朝は、いつもこんな感じだ。幸せである。
そんなふうにオレが浸っていると、ドアからノックの音がした。

「ラッ、ラクト。いるか？」

「いるよ」

「じゃあ……」

ドアが開いた。つややかな黒髪を、背の中ほどにまで伸ばしたウサミミの女――レミナが顔をだしてきた。ぺこりと小さく会釈《えしゃく》して、オレのことをジト目で見てきた。

「朝からイチャつきすぎじゃんよ………」

「みんながオレのことを好きなのと同じくらい、オレもみんなのことが好きだからね」

「じゃ、じゃあ、アタシは、どうなるんだよ」

レミナはブスッとふくれつつも、オレの前にぺたりと座った。

「ちゃんと好きだよ？」

オレはレミナの頭に手を乗せた。心を込めて、くしくしと撫《な》でる。

レミナのかわいいウサミミが、くんにゃりとしおれた。頬《ほほ》も朱色に染まってる。

喜んでいる証拠だ。

「それで何の用？」

「あっ、ああ。実はよ……」

◆　◆　◆

「知り合いがやっている喫茶店が、経営危機……ね」

「最初はうまくいっていたらしいじゃん。だけど向かいに、大きな店ができてからよ……」

「それで、オレにアイディアを求めにきたわけね」

「あっ、ああ」

「うん、わかった。できることがあるかどうかはわからないけど、できるだけ考えてみる」

オレはすっくと立ちあがった。

「で、その店はどこにあるの？」

「今から?!」

「都合悪い？」

「わわわっ、悪いってことはないじゃんよ！」

レミナはわたわたと慌てた。

「ただ急で、いいのかな……ってよ」

「ほかの相手ならともかく、大切な女の子《レミナ》の頼みだからね。ほっとくわけにはいかないよ」

「あっ、あっ、ありがと……」

レミナは真っ赤になって礼を言った。

かわいい。

◆　◆　◆

「お店は中央区にあるんだ？」

「あっ、ああ」

オレが街を歩きながら言うと、レミナは小さくうなずいた。リアのことをチラと見る。

オレの胴体にぺったりとくっついてるリアを。

次にレミナは、ライナのことをチラと見て、クゥ……っと唇を噛みしめた。

逆にライナもレミナを見つめ、はぐぅ……と身を縮めた。

レミナは冒険者をやっている。

上位一五パーセントに入るぐらいには優秀で、その階級はC級中位だ。

自分が『強い冒険者』であることにプライドも持っている。

しかしライナは、上位〇・一パーセントクラス。比較すると分が悪い。

けれどレミナは背が高く、胸も大きい。

つややかな黒髪はスタイリッシュで、立っているだけで絵になる。

というか実際なっている。

大剣を構えたレミナをモデルにした絵が売られているのは、定期的に見かける。男女を問わず、売れている。

一方のライナは、幼児体型なため、**マニアックな需要しかない**。

つまりお互いがお互いを、コンプレックスに思っている関係なのだ。

そんな感じで話していると、『境の城壁』が見えてきた。

ここは、『冒険者の街』と言われている。

しかし、人の流通が多い分だけ、ガラの悪い人間も混ざる。

それゆえに、そこそこに金を持っている層は、城壁で囲まれた中央区へと集まる。

灰色の城壁が近づいてくる。

白い門も見えてきた。

馬車がゆったり通れそうなほどの、大きさの門だ。

と――。

ガチャリ。

衛兵ふたりが門の前を槍《やり》で塞《ふさ》いだ。

「ご身分を」

レミナはライナをチラと見つつも、ギルドカードを取りだして見せた。

「C級二十八位。レミナ＝ラビウス……じゃんよ」

「残りの方は同行者ですか？」

「あっ、ああ」

「失礼ですが、ランクCの冒険者の方では、同行者の方は二名までしか……」

衛兵は、ライナのことをじっと見る。

ライナのランクは、A級一〇位。そしてギルドマスターだ。

カードを提示すれば、こんな門は一発である。

『顔パスでええやん』と思わなくもないが、それをやると、他人の空似《そらに》や変装といった事態が起こるのだろう。

「ああ、すまん。カードなら、今日は自宅に置いてきている。公務とは無縁の、プライベートで動いていたのでな」

「失礼ですが、それではお通しするわけには……」

「それでよい」

ライナは、腕を組んでは、『うんうん』とうなずいた。

ライナは規則に厳格だ。

必要とあらば融通《ゆうづう》を利かすこともあるが、基本的には絶対に曲げない。

「それじゃあライナが一回帰宅して取ってくるか、オレとレミナともうひとりの誰かで行くか……か」

オレがぽつりとつぶやくと――。

(ぎゅうっっ‼)

リアが猛烈にアピールしてきた。

オレの腕にしがみつき、(><)になって離されまいとする。

もともとフニフニ当たっていた胸が、グニュッと強く押し当たる。

それにシャルルが対抗してきた。

「シャルルはシャルルは、ラクトさまのおよ……助手を目指しているシャルルでありますっ!! ラクトさまのお仕事を、見ないわけにはいかないでありますっ!!」

リアと同じく、オレの腕にギュッと抱きつく。

オレの腕が、シャルルの反則的な胸に挟《はさ》まれ、**すばらしいことになった**。

リアの胸は推定Cカップだが、シャルルのそれは、EかF……ぐらいと思われていたところから、さらに大きくなっている。

今はもう、**とってもえっちなHカップ**《えっち》と、オレに推定されている。

(ちなみにライナは、一ミクロンも変わっていない)

「リアちゃんの面倒なら、ボクが見るけど?」

ミーアがシャルルの援護《えんご》に入った。

シャルルに命を助けられた過去のあるミーアは、シャルルを最優先にする。

「小さな子どもは、見るのも**作るのも**大好きだしさぁ。ボクぅ～～～♡」

微妙にアウトなことを言い、ミーアはリアに頬《ほほ》ずりをした。

いまだついている頭の寝癖《ねぐせ》が、謎《なぞ》の原理でハート型になった。

頬《ほほ》もほのかに赤らんでいて、言葉が演技ではないことを示している。

だがリアは、オレにくっつき首を振る。

いやいやいや(＞＜)っと首を振る。

ミーアやシャルルを嫌っているのではない。単にオレにベタ懐きなのだ。

家にいる時も、外出をする時も、オレから離れようとしない。

『命令』をして離さなければ、二十四時間くっついている。

自立をさせる予定はあるが、生後半月の今は甘やかし優先である。

無条件で甘やかしてもらえる時期というのも、子どもには必要だ。

しかし、シャルルが我《が》を出してくるのも、珍しい。

どうしたものか。

オレが考えていると――。

「キミのカードを見せればよかろう？」

ライナが、不思議そうに首をかしげた。

「えっ？」

「キミは、以前の戦いで称号をもらっただろう？　それはカードに記載されているはずだ」

「そんなのあったっけ……？」

オレは半月ほど前に、『クイーンアント』というアリの女王《クイーン》と戦った。

そこで上等の成果を挙げたオレは、いろいろな書類を見せられたりした。

そこにはオレへの報酬の話もあったりしたが……。

多すぎて疲れた。
○○の遺跡の探索許可とか、××の秘境の探索許可とか、ガチな冒険者であれば垂涎《すいぜん》らしいが、オレにはあまり興味のない項目が、ずらずら並んでいたからだ。
オレは自分のカードを見やった。

勇騎士《シュヴァリエ》という称号が、金色の文字で追加されている。

でもそんな効果あんのかな……。

オレは狐《きつね》に摘《つ》まれたような気分で、ギルドカードをふたりの衛兵さんに見せた。

と——。

「『勇騎士《シュヴァリエ》⁈』」

衛兵さんは、目を白黒とさせた。

オレを驚愕《きょうがく》の瞳《ひとみ》で見つめ、声を震わせ言ってくる。

「でっでっでっ、では、あなたが……」

「女王殺し《クイーンキラー》の……」

「その呼ばれ方は、あんまり好きじゃないんだけど……」

消極的ながら、オレは肯定をした。

「「どうぞっ、お通りくださいっ‼」」

衛兵ふたりが道を開けた。

ふたりのオレを見る目は、まるで神様を見ているかのようであった。

第1話　ラクトがいない時のお話。

「おすごいでありますぅ～～～～。ラクトさま。ラクトさま。おすごいでありますぅ～～～～～～～～～」

シャルルがオレの腕にしがみつき、かわいい尻尾《しっぽ》をパタパタ振った。

（ぎゅっ………。）

リアはシャルルに対抗し、しがみつく力を強くする。

「シュ……シュヴァリエの称号まで、もらってたんだな……ラクト」

レミナもなんか、もじもじしてた。

「シュヴァリエは、いつの時代にもいるギルドマスターなどとは違い、一〇〇年にひとり現れるか否か――といった英傑《えいけつ》に与えられる称号であるからな」

語るライナも、誇らしげであった。

なんて会話をしていたら、目的の場所についた。ファミレスのような、明るく大きな看板を立てた木造の店と、その向かいにある、こぢんまりとした喫茶店。

よく言えば落ち着いた、悪く言えば薄暗い喫茶店。

店の前には、そこが喫茶店であることを示すかのように、店のメニューと値段を書いた看板が立てられている。

「この店か……」

「その通りじゃんね」

「なんかもう、**入る前から決着してるな**」

オレは率直に言った。

ファミレス側は人が出入りしているが、こちらのほうはサッパリだ。

閑古鳥《かんこどり》の気配さえない。

「それだから……アイディアがないか相談にきたじゃんよ」

もっともである。

オレは店の中に入った。

「いらっしゃいまっ…………レミか」

黒髪のポニーテールの女が、犬の耳をピンッと立てて挨拶《あいさつ》をしてきたかと思いきや、すぐにくんにゃり折り曲げた。

カウンター越しにどっかと座り、すねたように答える。

「いったいなんの用じゃんよ」

「前に話してたラクト……連れてきたんだよ」

「ああ、例の」

女は、ハアッと皮肉に顔をゆがめた。

「アタシはティアナ。アンタのことは聞いてるよ。冒険者時代のアタシとコンビ組んでいたレミを、一目でメロメロにさせたかと思ったら、**五股六股同時にかけつつ、全員とやりまくってるオトコだろ?**」

レミナを愛称《あいしょう》で呼びながら、オレをそんなふうに言うティアナ。

しかしこの紹介、**だいたい合ってる**。

リアとはやっていないので、『全員』ではない。でもそれ以外に関しては、**なにひとつ間違っていない**。

一週間で、普通の人の三ヶ月分ぐらいは、**みんなのことを愛しまくってる**。

盛《さか》りすぎだとは、思わなくもない。けど好きなんだから仕方ない。

「おかげで、こっちは大変じゃんよ。『今日は仕事で会えなくって寂《さび》しかったー』とか。『昨日は会いにきてくれたー、エッチも八回してくれたー』とか。『ジャガイモたくさん買っていったけど、晩御飯は、シチューなのかなぁ?』、とか」

ティアナは、ハアッとため息をつくと、やれやれと続けた。

「アタシに向かって、ブローチっぽくした小銭見せては、『ラクトがウチの店で買い物した時に使った小銭、お守り代わりにしちまったー、えへへぇー』とか。語りまくりのノロケまくりで、ウゼーのなんの」

「うああああああああああああっ！」

レミナが、裂帛《れっぱく》の悲鳴を張りあげた。

「うあっ、うあっ、うあ――――――――――っ！」

気の毒なほどに、あわあわとして、オレの肩を掴《つか》んで叫ぶ。真っ赤になって首を振る。

「ちちちっ、ちがうっ！　ちがうっ！　アタシ、アタシ、アタシぃ‼」

「うぁ～ん。会いたい、会いたい、会いたいよぉ～～～。ラクトんに会いたいよぉ～～～～。とか言ってる日もあったなぁ（遠い目）」

「うわぁ――――――――――――――っ‼」

レミナは、頭を抱えてうずくまった。

頭のかわいいウサミミも、泣いてるみたいにくにゃりと曲がった。

「はぐっ……」

さらにライナが、**まるで自分のことを言われているかのように**、胸元を握りしめた。

「リーダーも、いっしょに暮らすまでは、ラクトさまラクトさま言ってたしねぇ」

「はうっ……」

「なーんて言っちゃってるボクも、今ラクトさんと離れたら、毎日毎日ラクトさんラクトさん言っちゃうような気がするけどねっ♥」

ミーアが背中から抱きついてきて、あははと軽く笑って見せた。

そうか……。

みんな、オレがいない時は、そういう感じになっていたのか……。

「なんつーか、すげぇな……」

ティアナは、一周まわって感心していた。

第2話　敬意はちゃんと払います。

「まぁ、飲んでくれよ」

ティアナがレミナに店番を任せ、オレをソファー席に案内した。

ついでに紅茶もだしてきた。

オレはティーカップを手に取ると、スゥー……っと匂いを嗅《か》いでみた。

「いい匂いだな」

「そうか?!」

ティアナは、弾んだ声で尋ねた。

「葉っぱの品質以上に、いい淹《い》れ方をされている」

「まっ、まぁ。喫茶店じゃんね。当たり前じゃんよ」

腕を組み、素っ気なく言うティアナ。

けれど尻尾《しっぽ》は、パタパタパタとゆれていた。

ライナやシャルルもそうなのであるが、**犬系の獣人の子はわかりやすい。**

「それじゃあ軽く、今の状況聞かせてもらえるかな」

「状況って言われても………そのまんまじゃんよ」

ティアナは、しょんぼりうつむくと、水をストローですすった。

「アタシは元々、レミとコンビで冒険者やっていたじゃんよ。けどずっと、喫茶店とか、小料理店とかやりたくって、おいしい料理とか、コーヒーやお茶の淹《い》れ方を勉強してたりしたじゃんよ。

カネ貯めて、店買って、最初は人もけっこうきていて、アタシが淹《い》れたコーヒー飲んだり、作った料理、もぐもぐ食べては、『おいしい』って言ってくれる人の顔見るたびに、『ああ、お店始めてよかったぁ……』とか思ってたんだけどよ……」

語るティアナの瞳《ひとみ》に、澄《す》んだ涙がじわりと浮かんだ。

「向かいの店、できてからはよ……」

グスン――と鼻をすすっては続ける。

「安くて、キレイで、大きくって、ビラとかもすっげー配って……。だからウチみたいな店じゃ、まったく太刀打ちできなくって……。向かいの店さえこなけりゃよ、向かいの店さえこなけりゃよ…………」

ティアナは、うわ言のようにつぶやく。

オレはティアナの語りを聞きながら、ソファーの端を指でなぞった。

指に埃《ほこり》はつかなかった。

ティアナが店を、心から大切にしていることが伝わってきた。

だけどそれなら、言うべきことは言わないとな。

「それでティアナは、向かいの店にどんくらいカネ落としたんだ?」

「はっ……?」

「何品ぐらいの料理を食べて、どのぐらい儲《もう》けさせたんだって聞いてるんだよ」

「そんなんするはずないじゃんよっ!」

「つまり一品も食べてない……ってことか?」

「そんなん当たり前じゃんよっ‼」

やっぱりな。

「それでどうして言えるんだ? 実際に食べてもいないクセに、お客さんが去ったのは店の規模の問題だ。自分がだしてる料理や飲み物のせいじゃない……って」

「それは……」

反論できないからだろう。ティアナは涙目でうつむいた。

「相手を敵だと思うなら、なおさら相手を舐めてかかるな。相手のことを見下すな。結果を出してる相手には、だしてるなりの敬意を払え」

「………うん」

ティアナはこくりとうなずいた。

「それじゃあ行くか」

「えっ……？」

「向かいの店だよ」

◆　◆　◆

「よっ、よし、行くか」

変装を終えたティアナが、突入するべく気合いを込めた。

しかしその格好は、**どう見ても変質者だった**。

黒いサングラスをかけては、口に黒い布を巻き、オレの後ろに隠れている。

電柱の陰から、覗き見をするストーカーのように、オレの後ろに隠れている。

サングラスはまだいいにしても、**口に布を巻いて、どうやってメシを食うつもりなんだろう**。

「なっ、なんだよ」

オレがジト目でティアナを見ると、ティアナは抗議してきた。

頭についてる犬耳も、威嚇《いかく》しているかのようにピンと立つ。

まぁいいか……。

オレは気にせず、向かうことにした。

ちなみに入るメンバーは、オレ、リア、ライナ、ティアナだ。

レミナ、シャルル、ミーアは店番である。

シャルルはすこし寂《さび》しそうにしていたが、オレが『助手として頼むぞ』と言うと、『わかったでありますっ‼』と、尻尾《しっぽ》を振って答えていた。健気《けなげ》である。

◆　◆　◆

向かいの店は、明るく小奇麗《こぎれい》な空間だった。

フローリングのような、上質な加工をされている木張りの床に、陽射しをさんさんと迎え入れる、天窓や壁窓。どこからともなく吹き抜ける風は、晴れ渡る高原を思わせる。

席のほうも、八割近くが埋まっていた。

（………。）

リアのアホ毛みたいな触角がひこひこと動き、お腹がきゅぅ……と鳴った。

（じぃ………。）

さらにオレを、切なげに見てくる。

ほのかにうるんだ、求めるような瞳《ひとみ》で、オレのことをじっと見てくる。

「早く食べたいのか？」

（こくっ。）

リアはけっこう食べるほうだが、食事をして間もない時間にこういう反応をするのは珍しい。

オレは店員さんに声をかけ、店の中に入った。

◆◆◆

「こちら、メニューになります」

オレたちを、窓際のソファー席に案内したウエイトレスが言った。

アクリル板のようなものに包まれた、羊皮紙《ようひし》を見せてくる。

黄土色のそれは、シックでクラシカルな雰囲気をかもしだしていた。

メニューは全部で三枚あって、パン系が多い。

ピザやトースト。サンドイッチ系のメニューがずらずらと並び、補足《ほそく》的に、ハンバーグやステーキ。パスタ系がある。

値段のほうは、不自然に安い。普通の店なら七〇〇ルドから八〇〇ルドは取るような料理が、一五〇ルドから二〇〇ルドで売られている。

ちなみに、『ルド』の価値は、円と同じくらいに思ってほしい。

それにしても、これは…………。

オレは名状しがたい戦慄《せんりつ》を覚えつつ、店員に尋ねた。

「この料理……どうしてこんなに安いんだ？」

「開店記念のサービス価格でございます」

「そのサービス価格ってのは、いったいいつまで続くんだ？」

「それは未定でございます」

「ライナ」

「なんだ？」

「この国では――物を安く売るってのは、合法なのか？」

「……？」

ライナは、不思議そうに首をかしげた。

オレは質問をくり返す。

「この国の法律では、物をどんなに安く売ってもいいのかって聞いてるんだ」

「高値についての規則はあるが、安値についての規則はないな……」

なんてこった……。

オレはソファーに背を預け、ハアッと投げ槍《やり》なため息をついた。

「どっ、どうしたのだ？　アマクサ？　なにゆえに、それほど不機嫌そうにしているのだ？」

「モノを安く売るってことは、犯罪的な暴力だからだよ」

オレは、不機嫌そうに言ってしまった。

と――。

「犯罪的とは、言ってくれるな」

背後から声がした。オレは振り向く。

そこにいたのは、気の強そうな女。

ショートカットの金髪に、ピコンと立ったキツネ耳。サファイアブルーの澄《す》んだ碧眼《へきがん》。

背丈はオレより一回り小さい。

女は腕組みをして言ってくる。

「ボクはただ、あいさつ代わりに安くしているだけなんだけど？」

「その『あいさつ』ってのは、いったいいつまで続くんだ？」

「そんなふうに言われても、予定は未定としかねぇ」

女は下卑《げび》た笑みを浮かべると、ほんの一瞬、ティアナを見つめた。

「そういうことか……」

ライナがぽつりとつぶやいた。

そういうこと、とオレは繋《つな》げた。

「安売りに制限がなかったら、売る側は、好きなだけ安く売れる。そうやってライバル店を潰したあとに、ガツンと値上げすることもできる」

だから例えば日本では、独占禁止法で、過度な安売りを禁止にしている。

しかしここには、その法律がない。敵対的な安売りも自由だ。

一方で思う。

その法律が、どうしてできていないのか――。

答えは女が言ってきた。

「まぁ、ボクが犯罪的な人間として？　キミたちにどうにかできるのかナァ？　どう見ても冒険者風情でしかないキミたちに、このボク――カミーユ＝フェリックスを」

「カミーユ＝フェリックスだとっ⁈」

オレは驚愕しているライナのほうを見て聞いた。

「知ってるの？」

ライナが無言でうなずく。

「およそ六歳のころより、独創的な調味料の数々と、それを軸にした料理群を発表し、巨額の富を築いたと言われている、調味料の帝王《アロマロード・マイスター》だ」

「知ってくださっていたとは、光栄だネェ」

カミーユは、ライナの顔を見てニヤリと笑い、余裕たっぷりに言った。

「ついでに言うと、ボクの家――フェリックス家は、そこそこ名門の家系でもあるからね？」

「法律を作る側の人間は、仲のいいアンタが困るような法律は作らない――ってことか」

「持つべきものは友達――ってやつだね。アハハハハッ」

カミーユは、見下しの高笑いをあげた。

両の手を広げ、やれやれと肩をすくめる。

「っていうかボクとしては、キミたちとは仲良くしたいんだヨ？　特にこのお店が繁盛《はんじょう》しているのは、ティアナさんのおかげであるわけだシ？」

「アタシの…………？」

「いいお店の条件はみっつ。味と値段とサービスだ。だけど、どんなにいいお店だって、荒野に建てたんじゃ人はこない。だからこっちは、『需要はあるけど、たまたま店が建っていない。それでも建てれば、人はくる』っていう土地に建てたいわけだよ」

それは単純な事実。否定する余地はもちろん、反論の隙《すき》もない。

「で……どうすればいい？　どうすれば、そういう場所がカンタンに見つかると思う？」

それの答えは単純だ。答えを知れば単純だ。

しかしある種の盲点《もうてん》でもあり、知らずに気づくのは難しい。

そしてオレは知っている。ゆえにオレはつぶやいた。

「成功している店を見つければいい……」

店を成功させるには、『よい場所に建っている』という条件が必要だ。

それはつまり裏を返すと、『成功している店は、よい場所に建っている』と言える。

『コバンザメ商法』と名前がつく程度には有名な、マーケティングの手法だ。

「察しがいいねぇ、お兄さん」

カミーユは、パチパチと手を叩いた。

前髪を指でねじって、キキキと下卑《げび》た笑みを浮かべる。

「そうしてボクは、居場所を取られてプライド捨てて、ボクの店にやってきては、ウチの味に打ちひしがれる負け犬を見るのが、大好きでネェ……」

……ゲスだな。

オレは胸の奥で舌打ちしつつ、ソファーに座ってメニューを見つめた。

「注文を頼むぞ」

「アッ、アマクサ?」

「コイツがゲスであることと、店の味がどんなものかは別の話だ」

第3話　血筋。

「ハ～イ、お待たせぇー」

カミーユが、嫌味ったらしい声で料理を持ってきた。

香ばしい香りを漂《ただよ》わせるキツネ色のトーストサンドに、森エビのヒートソースピザ。

ミートソースのシンプルパスタに、エメラルドセピアのスープもあった。

オレはまず、キツネ色のトーストサンドに手を伸ばす。

噛んだ瞬間、さくりと小気味よい音が鳴り、ハムカツのうま味と重厚でとろけるような『調味料』の味が、口いっぱいに広がった。その味は、ひとつの単語を連想させた。

それは――。

「マヨネーズっ?!」

「へぇ、知ってるんだ」

カミーユが、見下すような薄ら笑いを浮かべた。

「基本的にボク系列の店で回しているから、一般にはほんのすこししか出回っていないはずなんだけどネェ」

「これは確かに……食が進むな」

サンドイッチをかじったライナが、さらにもぐもぐと噛んだ。

ミートソースのシンプルパスタを食べていたティアナは、フォークをカチャ……と置いた。

「アタシが作ったのより、うめぇ……」

「アーハッハッハ！　その顔！　その顔！　それでこそ負け犬！　ボクの人生を豊かにするための踏み台——いや、踏み台を作るための材木！　ハハハハッ！　アーハッハッハッハ！」

下卑《げび》た高笑いをあげたカミーユは、石笛を口に咥《くわ》えた。

人の耳には聞こえない超音波をだして、受音石と呼ばれる石に届ける笛だ。

音波を受けた受音石はそれによって反響し、特定の音を発する。

店の奥にいたウエイトレスが、音を合図にどんぶりを載せたお盆を持ってきた。

カミーユが、腕を組んで言う。

「サービスだよ。ボクを楽しませてくれた、キミたちへのネッ！」

お盆が置かれ、どんぶりのフタが取られる。

そして中から現れたのは——。

味噌ラーメンッ?!

「ボク特製の、スープパスタさ。一〇〇回や二〇〇回食べたぐらいじゃ再現できない独特の味。とくと味わうがいいよっ！」

オレは備えつけの箸を手に取ると、メンをぐるりとかき混ぜた。沸き立つ香りは、紛《まご》うことなき味噌ラーメン。

オレは、それを口に運んだ。懐かしい味が、口中に広がる。

もやしが白いもやしではなく、栄養失調のアスパラのような野菜であったり、ネギに該当《がいとう》している食べ物がトウガラシのように赤かったりはしているが、紛れもなくラーメンだ。

それは日本からやってきた人間が、日本の知識を元にして作ったかのような――。

いや……違う。

そうなんだ。
・・・
ようなではなく、そうなんだ。

「ライナ」

「なんだ？」

「カミーユが独創的な調味料とやらを作りだしたってのは、確か六歳のころだったよな？」

「わたしは、そのように聞き及んでいるが……」

ならば恐らく。

「転生か……」

なんらかの事情で死んでしまった人間が、前世の記憶と知識を持ったまま、別世界で生まれ変わる現象。

異世界に召喚《しょうかん》されるという、特異な経験を持っているオレでなければまず至らない発想。

「確かに天性だな。天性の才がなければ、このような閃《ひらめ》きは出せん」

事実、ライナは聞き間違えた。

「っ……」

ティアナもうつむき歯を食い縛《しば》り、玉のような涙をポロポロとこぼした。

カミーユは、ニヤニヤクスクス笑ってやがる。

「アハハハハッ。いやー、楽しいよネェ。抵抗できない弱い相手を、上から自由にいたぶるってサァ！」

オレはギンッ——とカミーユをにらんだ。

「っ——」

カミーユは怯《ひる》んだ。

冷や汗を垂らしては声を詰まらせ、しかし手負いの野犬のように吠えてきた。

「殴るのかっ⁈　ボクのことを殴るのかっ⁈　いいさ、殴れよっ‼　そんなことしたって変わんないけどなっ！　お前らが負け犬なのも店が潰れてペシャンコになるのも——ゲフッ‼」

カミーユの体がくの字に曲がった。

ただしオレは殴っていない。誰もなにもしていない。

まるで透明人間に鳩尾《みぞおち》を殴られたかのように、カミーユはいきなりくの字に曲がったのだ。

「うぐっ、ぐっ、ぐっ……」

腹部を押さえ、怒りと恐怖に戸惑《とまど》いが混ざった瞳《ひとみ》で見てくるカミーユ。

しかしオレも戸惑《とまど》っていた。

殴ろうとは思ったが、殴ってはいないのに。

「うわっ?!」

さらにカミーユは、宙にふわりと浮かんだ。

通路を挟《はさ》んだテーブルに体育座りで座り、自身のヒザに手をかける。

「きっ、きやっ、きやっ」

かなり抵抗していたが、謎《なぞ》の力にググッと押され、

「きゃぁ――――――――――――――っ!!」

M字開脚。

小生意気なクセに、**はいてるパンツは白と水色の縞《しま》パンだ。**

オレは思った。

尻《しり》も見たい……！

これはオレが変態なわけではない。

縞《しま》パンの魅力は単純な可愛らしさに加えて、お尻《しり》の形をくっきりと現してくれる点にある。

それは縞《しま》パンを愛する縞《しま》パニストなら、当たり前に理解していることだ。

つまり縞《しま》パンが見えた以上、尻《しり》も見たいと思うのは、**縞《しま》パニストなら当たり前だ。**

だからオレは変態じゃない…………よね？

なんてことを思っていたら、カミーユの体がぐるりと回った。

発情期のメス猫のように伏《ふ》せては尻《しり》を突きだす。

「いやっ、いやっ……」

絶望に染まった声をだすカミーユ。必死の抵抗はしているものの、やはり幽霊か透明人間に押さえつけられているかのように動かない。

待つこと数秒。

「いやぁ――――――――んっ!!」

とってもかわいい悲鳴とともに、ペロンとスカートがまくれあがった。

小さくって愛らしい縞《しま》パンが、小ぶりながら形のよいお尻《しり》にキュッと食い込んでいる。

それはさながら、**森の妖精が作った焼きたてのバターロールのようで、かぷりと食いつきたくなる愛らしさだ。**

心底ムカつくカミーユであるが、**お尻《しり》はかわいい。**

オレとしてはうれしいが。

しかしなんなんだろうな、これ。
オレとしてはうれしいが、冷静に考えるとちょっと謎《なぞ》だぞ。
オレが疑問に思っていると、リアがオレの腕にしがみつく。
（ぎゅっ……………。）
オレのことを、じぃ……………っと見てくる。
頭についているアホ毛も、かわいく動いて自己主張する。
オレはリアを見つめ返して、リアがどういう存在なのかを思い返した。
基本かわいく、オレによく懐いていて――。
母親はクイーンアント。
誇り高きアリたちの女王《クィーン》で、サイコキネシスやテレパシーの使い手。
敵ではあったがオレにとっては、半端《はんぱ》な人間よりも尊敬できる存在。
そんなクイーンを母に持つリアなら、同じ能力があっても不思議ではない。
オレがひとり納得すると、リアは（こくっ。）とうなずいた。
なるほどな。
オレは納得しかけたが、ふと思った。
今のオレ……しゃべってなくね？
リアはオレの腕に顔をうずめて、アホ毛をぴたりとくっつけてきた。

〈くっついてると………わかる。〉

マジかい。

〈うん………。〉

リアはテレパシーな能力を使い、オレに話しかけてくる。

〈ラクトはえっちで、わたしのこと、とても大切に想ってくれてて、あと………。〉

あと……？

〈とっても………えっち。〉

待ってリアちゃん。

リアちゃんはオレのこと、いったいなんだと思ってるの？

リアはほんのり頬《ほほ》を染め、愛おしさと恥ずかしさを足して二で割ったような顔で答えた。

〈生きている………えろす。〉

ひどい！

特になにがひどいかって、**否定できないことをやりまくっているオレがひどい**。

それでもほかの子とやる時は、ミーアかシャルルかライナあたりにリアを預けて、そこらの宿かレミナの家でやりまくるようにしてたのにっ！

（ひどくは………ない。）

ホワイ？

（えっちじゃないと、人は……ほろぶ。）

それは確かに正論だ。

性的な行為を『教育的によくない』と言っているやつらにしても、それによって生《せい》を受けている。

性的なことが一切禁止されてしまえば、世界の人類は核爆弾を落とされるよりも簡単に滅ぶ。

しかし小さな子どもの場合、健康面や金銭面でいろいろと問題が起きやすいのも事実なわけで……。

などと考えていたら気づいた。

オレとリアなら問題なくね？

リアは生後半月だ。

しかし体は立派に大人だ。

オレは本が好きでわりと読んでいたから知ってるが、**アブラムシには、生まれた時から妊娠しているものもいる**。

子作りの段階をすっ飛ばして子どもを産める種族がいるなら、生後半月で大丈夫な種族がいてもおかしくはない。

経済的にもオレは充分養えるし、子育てについてはリアの実家に協力を頼むこともできる。

リアが理解してるなら、なんの問題もない。

子どもと思って遠慮していたけど……。


やって構わなかったのか。


オレが納得していると、オレのイメージを受けたリアが体をもじもじ動かした。

〈いっぱい………、好き好きしてください………。〉

そんな感じで、オレとリアがイチャついていると――。

「オマエラ、ボクになにしたんだよっ‼」

カミーユが切れてきた。

オレはとぼける。

「なんのことだい？」

「とぼけるなっ！　ボクになんかやっただろ‼」

「知らないなぁ～。オレはまったく知らないなぁ～～～（ニヤニヤ）」

「くうぅ……」

カミーユは半泣きで歯軋《はぎし》りをすると――。

「おっ、おっ、覚えてろよっ‼」

「しましまのパンツをか？」

「それは忘れろぉ‼」

カミーユは真っ赤になって叫び、逃げだそうとした。

しかしオレはリアに命じた。

〈やれ〉

リアはピピッと能力を使う。

カミーユの縞《しま》パンがずるりと落ちて、カミーユは派手にすっ転んだ。

ついでにスカートもまくれ、ノーパンの尻《しり》が見えた。

縞《しま》パン越しに見てすばらしかった尻《しり》は、生で見てもすばらしかった。

やっぱりこいつ、お尻《しり》はかわいい。

肉付きはいいし、肌もきめ細やかである。

「うぁぁぁぁぁぁぁぁぁぁぁぁんっ‼」

カミーユは地を這ったまま、子どもみたいな泣き声をあげた。

「おっ、おっ、怒らせてどうするのだ」

ライナが苦言を呈してきたが、ククク、クク……と笑ってた。

おかげで説得力がない。

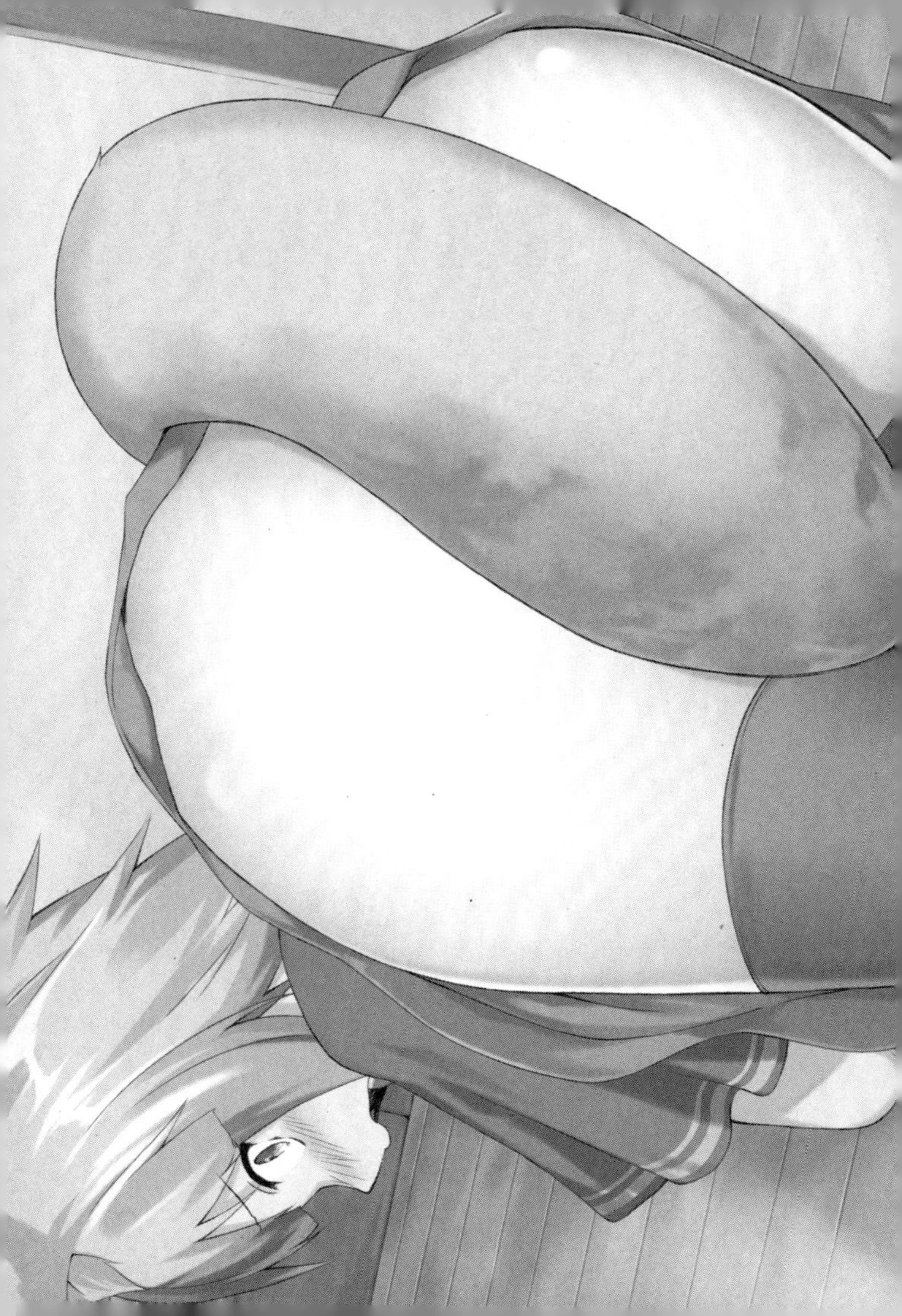

「そこはまぁ、普通になんとかなると思うよ」

オレはレンゲの中に小さなミニラーメンを作り、リアの口に入れてやりながら言った。

「ハッキリ言って——負ける気はしないから」

何品か食べてわかったが、カミーユの料理は、調味料に頼っている部分が大きい。

地球の知識を元にして、それだけで作ってる。

つまり同じ知識を持っているオレと、条件は五分。

しかしカミーユのほうは、オレが召喚《しょうかん》された人間であることに気がついていない。自分ひとりが特別であるとカンチガイしている。

それが生みだす油断と慢心《まんしん》を突いてやれば、恐らくは勝てる。

しかしできれば、協力者がほしいな。

この店の常連で、率直な本音を言ってくれる試食係。

この店から客を奪いにかかるなら、この店を最高だと思っているやつに食べてもらうのが一番だ。

そんなことを考えながら、料理を食べ終えたオレたちは席を立った。

会計を済ませ、店のドアをあけようとしたが——。

「キャッ‼」

入ろうとしていた相手と鉢合《はちあ》わせになった。

ぶつかりそうになって軽く仰《の》け反《ぞ》る。

お互いに目を丸くして、互いの姿を確認しあう。

相手の女が着ている服は、ライナがいつも着ているシルバーグレイの軍服を女子用に改造したかのような服で、下はスカートになっている。

頭に立つのはピョコンとした猫耳で、ロールのかかった髪は透き通るような金色。

頭についたカチューシャやほのかに垂れた瞳《ひとみ》は、ヒスイのような緑。

見た目で言えば、スタイルのよいとびっきりの美人。

しかし中身はとても残念なそいつの名は――。

ゲロリア＝フェアゲッセン。

本名は別にあったような気もするが、**思いだせない**。

第4話　セシリアとの再会。

「えっと……奇遇《きぐう》だな、ゲロリア」

　ひさしぶりのゲロリアに、オレは無難なあいさつをした。

「セシリアですわっ！　わたくしの名はっ、セシリア＝フェアゲッセンっ‼　三〇〇年の歴史を持つフェアゲッセン家の正統後継者にして、A級二十八位の肩書きを持つ、エリート中のエリートですわっ‼」

「オマエ二〇位じゃなかったっけ？」

「さがったのですわぁ‼」

　セシリアは、拳《こぶし》をギュッと握って、(＞＜)な顔で言ってきた。

　目には涙も滲《にじ》んでた。

「キミとの決闘《けっとう》での醜態《しゅうたい》が主《おも》な原因だな。相手の力量を量れぬ洞察力《どうさつりょく》のなさと、量れぬにもかかわらず突っ込んでいった、思慮《しりょ》の浅さでマイナスの評価となった」

　横にいるライナが、解説をしてくれた。

「それでもA級ではあるんだな……」

「キミが、セシリア＝フェアゲッセンに放った一撃は、並の冒険者であれば、即死級の一撃だった。それを受けても元気に叫べる耐久力は、やはり評価に値する」

知力3の前衛職ってことか。

前衛職なら、知力が3でも大して問題はなさそうだもんな。

「なんですのっ?! その愚《おろ》か者を憐《あわ》れむかのような眼差しはっ‼」

「すまんゲロリア。**ちょっと本音が、瞳《ひとみ》から漏《も》れたんだ**」

「謝罪になっておりませんわぁ！ それにわたくしの名前は、ゲロリアではなく、セシリアですわ！」

「だけどオレの知り合いが豚を飼う時、セシリアって名前をつけるかもしれないし………」

「豚には気を使えても、わたくしには使えないとおっしゃるのですのっ?!」

「ゲロリアだしさぁ……」

「セシリアですわぁ‼」

ゲロリアは、半泣きで叫んだ。

「それよりオマエ、ここの店には、よくきてるのか?」

「開店してからは、毎日のように食べにきておりますわっ！ この店で使われている高貴なるマヨネーズは、高貴なるわたくしにふさわしい、高貴なる味をしておりますわっ‼」

マヨネーズが高貴とか、どんだけ安い舌してんだよ。

まぁいいや。

「ここの店の常連だっていうんならこっちこい。手伝え」

「みあっ?!」

ゲロリアは奇声をあげたが、オレは構わず引っ張っていった。

◆　◆　◆

ティアナの店の中。

ゲロリアをカウンター席に座らせたオレは、簡単に事情を説明した。

「というわけなんだ。手伝え。ティアナの料理をもぐもぐ食べて、率直な感想を述べろ」

「趣旨《しゅし》と事情は、理解いたしましたが…………なにゆえわたくしが、手伝わなければならないのですの?」

「オマエとティアナは関係ないけど、オレとオマエは関係あるだろ?」

「それは確かに……ございますわね」

ゲロリアは口元に手を当てて、ひとり深くうなずいた。

「ラクトさまが、クイーンさまを撃退なされたことにより、価値ある方々が、命を散らさずに済みました。自らの不明を詫《わ》びるとともに、一定の感謝と奉仕を捧《ささ》げるのが、義務である……とも考えております」

それは——名前をセシリアと改めても構わないほどの、真面目でまともな返答だった。

アホでゲスなコイツではあったけど、コイツなりに考えてもいたわけか。

しかしひとつ、カンチガイしている。

「オレが言っているのは、その時にオマエが言った約束に関してだぞ？」

「みぃ？」

さすがだな知力3。キレイさっぱり忘れてやがる。

「もしオレが、ちゃんとクイーンを倒せたら……」

「ひぅあっ！」

しっかり思いだしたのだろう。セシリアは青ざめた。

瞳《ひとみ》をきょどらせ、ガクガクと震えた。

「わわわっ、わたくし覚えてございませんわっ！　犬のように這いつくばって、ラクトさまのお足を舐める約束をした覚えなど、こここっ、これっぽっちも――」

「高貴なるお方ってのは、都合が悪くなると約束を忘れるのか？」

「みうっ……」

セシリアが自身の胸を、まるでナイフで刺されたかのように押さえた。

「わかりましたわぁ！　協力、協力いたしますわぁ！」

これで話は決まったな。オレはティアナのほうを向く。

「というわけだ。この知力3……じゃなかった、ゲロリア……でもないコイツに、なんか一品ふるまってくれ」

「あっ、ああっ」

ティアナは、白いエプロンの後ろをキュッと縛《しば》った。

「注文はあるか？」

「そうですわねぇ……」

セシリアは、メニューを見ながら言った。

「ミートソースパスタをいただけるかしら」

「あいよっ！」

ティアナは寿司屋のような声を張り上げ、調理を始めた。

ソース用のタマネギを、手際よく刻んでは、マナを流すと熱を発する、ヒートメタル製のフライパンで炒める。

ソースを作り、ナベの取っ手をギュッと掴《つか》んで、パスタをグツグツ煮込んでいく。

真剣な眼差しでナベを見つめて、時間を置いては一本を取る。

前歯で触感《しょっかん》を確認し、ゆで具合をはかる。

じんわり汗が滲《にじ》む顔は、素直に『いい顔』と言えた。

余計な雑念を捨て切った、集中している人間の顔だ。

元々整った顔立ちであることも相まって、神秘的な輝《かがや》かしさすらある。

これはがんばってほしいところだ。

「できたぜ」

待つこと十数分。ティアナが料理を運んできた。

芳醇《ほうじゅん》な香りを漂《ただよ》わす、ミートソースパスタ。

シンプルであるがゆえ、作り手の技量が如実に反映される一品。

個別に作るのは、それなりに手間もかかるものだが、パスタはセシリア以外の分もあった。

よし、食うか。

さっきカミーユの店で食ったばっかりではあるが、この誘うような香りは、そんな事実もなかったことにしてくれる。

オレはフォークでかき混ぜて、ぐるぐる巻いてはパクリと食べた。

濃厚なトマトの風味と、ほどよい塩っ気が、口いっぱいに広がってくる。

ゆで具合も完璧《かんぺき》だ。

中身の詰まったパスタ独特の歯ごたえが、噛むたびに、オレを楽しませてくれる。

美味である。これは確かな美味である――が。

「パサパサとしておりますわねぇ」

セシリアが言った。

「風味は格別で触感《しょっかん》も楽しく、噛めば噛むほど高貴なる味が、舌の上に広がってもおりますが………」

ぐるぐる巻いてはパクリと食べて、ゆっくりと噛んで飲み込む。

「お向かい様のパスタは、高貴なる味が舌の上に広がった上に、舌の中にまで染み込んできましたわ」

「この味でダメなのでありますか？」

「ボクも、フツーにおいしいと思うけどなぁ」

シャルルとミーアがつぶやいた。

「確かにこのパスタ単体で言えば、高貴なる美味ですわ。しかしながら、お向かい様の一品を食べたあとですと――」

知力3のセシリアは、舞台女優のような大げさな手振りを交えつつ言った。

「熱を持った生ゴミですわっ!!」

背景が暗転し、カカッと稲妻《いなずま》が走る。同時にオレは、セシリアの頭をぶっ叩いた。

「アホかオマエはっ!!」

知力3は頭を押さえ、涙目で訴えてきた。

「忌憚《きたん》なき意見を言えとおっしゃったのは、ラクトさまですわっ！」

「限度があるだろっ！　限度がよっ!!」

「限度と遠慮で本音が話せなくなってしまっては、本末転倒でございますわっ！」

「オマエの頭にゃ、ゼロとイチしか詰まってないのかっ?!」

「ええっと……、それは……」

セシリアは、返事をできずに口篭《くちご》った。

鎖骨《さこつ》のあたりで拳《こぶし》を握り、(><)な顔で叫ぶ。

「バッバッ、バーカバーカですわっ！　ラクトさまの、バーカバーカでございますわぁ!!」

「生意気言うのはこの口かぁ？　ああ？」

オレはセシリアの両頬《ほほ》を摘《つ》まみ、ぎゅうっと軽く引っ張った。

「みいぃ〜〜〜〜〜〜〜〜〜！」

セシリアは、鳥の羽ばたきを真似る子どもみたいに、両手をパタパタ動かした。

わりとムカつくセシリアだけど、いじめられている姿は、ちょっとかわいい。

第5話　ハードにえっちぃ触手《しょくしゅ》なお話～セシリア状態異常編～

「あんまりですわ。あんまりですわぁ……」

オレに頬《ほほ》をつねられたセシリアが、くすん、くすんと鼻をすすった。

「しかしアマクサ。どうするのだ？　セシリア＝フェアゲッセンは言いすぎにしても、ティアナのパスタが、カミーユ＝フェリックスのそれに比べて、劣《おと》っているのも事実に思うぞ？」

「っ……」

ティアナも自覚はあるのだろう。ライナの言葉にうつむく。

「わたしの素人判断になるが、やはり、『まよねーず』がないと難しいのでは……」

「それはあるかもしれないな」

けど。

「マヨネーズなら作れる」

「なにっ?!」

オレは台所に回り、ティアナへと言った。

「タマゴと酢《ビネガー》。あとは油に塩とコショウ。マスタードも出してくれ」

「あっ、ああっ」

ティアナは、注文通りのものを持ってきた。

「マヨネーズは発想の調味料っていうか……発想さえあれば誰にでも作れるんだよ」

オレは軽く説明しつつ、カチリとタマゴにヒビを入れた。

カラを使って卵黄のみを取りだして、銀色のボウルへと入れる。

塩を入れてはかき混ぜて、酢《ビネガー》を入れてはかき混ぜる。

これはこの世界で暮らしてわかったことだが、この世界の肉は（オレが食べていたころの肉よりも）脂質が少ない。ハッキリ言って、身が痩《や》せている。

それはまぁ、当然だ。

平和な世界で安全に肥《こ》えた肉と、モンスターが跋扈《ばっこ》していて、無駄な肉をつけていたら殺られる世界の肉が、同じ味であるはずがない。

そして『脂質』は、料理において、『うま味』や『コク』とも言われる部位だ。

松阪牛や大トロがそうであるように、『舌の上でとろけるような肉』というのは、脂身《あぶらみ》という名の脂質《ししつ》を多く含んでいるわけだ。

この世界では、それが足りない。

だから脂質を含むマヨネーズの価値は、オレたちの世界の何倍にも跳ねあがるのだろう。

などと考えているうちに、マヨネーズができた。

オレは小さな容器に取りわけて、ライナたちの前にだす。

「舐めてみろ」

ライナたちは、指ですくってペロリと舐めた。

「これは……っ！」

「確かにマヨネーズですわっ！」

どうやらわかってもらえたらしい。

オレは、ティアナのほうを向いた。

「というわけで、今度はソースにコレを入れて作ってほしい。あんまり入れると、味が支配されるから、隠し味程度にな」

「………」

「ティアナ？」

「ひあっ！」

なぜかボーっとしていたティアナは、奇声をあげてビクンと動いた。

頭の後ろのポニーテールもビクッと跳ねた。

「べべべ、別になんでもないじゃんよっ！」

「そうなのか？」

「たっ、ただ、ちょっと……」

「ちょっと？」

ティアナは頬《ほほ》を赤らめて、身を縮めては胸の前で指をもじもじ絡ませた。

「真剣に調合してくれている時の顔が、かっこよかったなぁ……っていうか。じっと見てると、ドキドキするなぁ……っていうか」

じとり。

ティアナはかわいい上目遣いで、オレのことを熱っぽく見つめた。

そして――。

「六股と七股ってさ、あんまり変わんないよな……？」

オレの腕に抱きついてきた。

やわらかな胸がむにゅりと当たる。

「大違いだろうがっ‼」

ライナがドタっと立ちあがる。

「そっそっ、そうであります！　そもそも六股からして、多いのであります‼」

シャルルも涙目だ。

二名からの反対を受けたティアナは、オレを離さまいとして、ギュウとくっつく。

「べべっ、別にいいじゃんよ！　つーかオマエらにしても、先に出会って関係結んだってだけで、お断りされたらショックだろっ⁈」

「それは……。確かに……」

「お言葉の通りではあります……」

ライナとシャルルがぺたりと座った。

「っていうか増やしてもらわないとさ、ボクたちの体が持たないってところもあるよね」

傍観《ぼうかん》していたミーアも言った。

「それも……。確かに……」

「あるであります……」

「…………」↑(頬《ほほ》を染め、無言で水を飲むレミナ)

なし崩し的に、許可的なものをもらったティアナ。

しかしオレの腕にしがみついたまま、真っ赤になって慌てふためく。

「やるとかするとか、そーいうところまでは考えてないじゃんよっ‼」

「でもどうせ、したくなるに決まってるであります」↑ジト目。

「ああ、そうだ。したくなるに決まってる」↑ふくれっ面。

「っていうかぁ。しないのは損だよぉ？ ボクも最初は痛かったけどぉ、今じゃするたびに胸がトクトクあったかくなるしぃ？」

「気持ちいいのは、その通りじゃんね……」↑(ウサミミをくにょんと折り曲げるレミナ)

「いやらしいところに持っていくなよっ！ アタシはもっと、厨房《ちゆうぼう》で互いに背中合わせて料理を作る的な、平和な光景をイメージしているんだからよぉっ‼」

「かわいい夢だな」

オレはにこりと微笑《ほほえ》むと、ティアナの頭をポンと叩いた。そのままくしくしやさしく撫《な》でた。

「んっ……」

ティアナはゆるやかに瞳《ひとみ》を細め、かわいい尻尾《しっぽ》をパタパタと振った。

「まぁとりあえず作ってくれよ」

「ああっ！」

◆◆◆

「できたぜっ！」

ティアナがパスタをだしてきた。

セシリアの分は普通に一皿入っているが、オレやライナ、シャルルたちへの分は少ない。お茶碗サイズの小さな皿に、ちょこんと入っているだけだ。

それはもう単純に、腹がキツイからそうしてくれと言った。

オレはフォークを軽く刺し、くるりと巻いてはパクリと食べた。

うまい。

どこかバラバラであったミートソースとメンが絶妙に絡み合い、オレの中でポルカを踊る。

瞳《ひとみ》のない不完全だった竜のごとき不完全なパスタが、芳醇《ほうじゅん》なマヨネーズを隠し味とすることにより、空へと昇る風を得た。

セシリアのほうは、どうであろう。

オレはチラリと視線をやった。

セシリアはパスタをフォークに巻きつけて、パクリと食《は》んではもぐりと噛んだ。

「これはっ……！」

セシリアがつぶやいた刹那《せつな》、オレは奇妙な空間へ運ばれた。

薄暗い部屋。

パスタにも見える触手《しょくしゅ》に、手足や首を締めつけられているセシリア。

「な……なんですのっ？　高貴なるわたくしを、いったい……どうなさるおつもりですのっ？」

触手《しょくしゅ》は粘液《ねんえき》をしたたらせ、衣服越しにセシリアへと絡みつく。体をぎちりと締めあげる。

豊満な乳房が寄せてあげられ、むっちりと浮きあがった。

「みううッ………！」

触手《しょくしゅ》の動きは止まらない。

セシリアの体を這い回っては衣服を乱し、体をグイっと持ちあげる。

足がだらしなく開かされ、肉付きのよいなめらかな太ももと、清楚《せいそ》な白いパンツが見えた。

「いやぁ――――ンシッ?!」

悲鳴をあげたセシリアの口に、太い触手《しょくしゅ》が入り込む。

「ンぐッ、ぐッ、ぐぅ――――！」

じゅぼり、じゅぼり、じゅぼり。

太い触手《しょくしゅ》がセシリアの口を、縦横無尽《じゅうおうむじん》に犯していく。セシリアの目尻に涙が浮かぶが、凌《りょう》辱《じょく》は止まらない。そして触手《しょくしゅ》は、膨張《ぼうちょう》し――。


どぷんっ！


マヨネーズのように見えなくもない白い粘体を、セシリアの口内にだした。

「んぷっ、んっっっ、んぅ――――っ！」

その量は尋常《じんじょう》でなかった。

セシリアの口内は一瞬で満たされ、あまった液が口の奥へと入り込む。

ごくりっ、ごくりっ、ごくりっ。

セシリアの白い喉が鳴った。

濃厚な匂いに濃厚な味。

さらには狂おしいほどの熱が、セシリアの体を熱くたぎらせ煮え火照《ほて》らせる。

自分の体に欲情めいた、淫靡《いんび》な熱を起こさせる。

触手《しよくしゅ》の動きは止まらない。さらに前後し、セシリアの中にだす。

「みいっ、みいっ、みいぃ～～～～っ！」

セシリアの瞳《ひとみ》に滲《にじ》んだ涙が、ツウッと垂れて線を作った。

触手《しよくしゅ》に己が身を凌辱《りようじよく》される恥辱《ちじよく》と屈辱《くつじよく》。

それを恥辱《ちじよく》と感じているにもかかわらず、激しい快楽を得てしまっている自分への怒り。

しかし止まらない。

それを潰す快楽が、この触手《しよくしゅ》にはある。

セシリアは口をあぐあぐと動かして、口の中に入り込んでくる触手《しよくしゅ》を味わう。

堕《お》ちる自分を感じながらも肉欲を貪《むさぼ》る。

(わたくしっ、わたくしっ、もうっ、もうっ…………！)

瞳《ひとみ》を切なくうるませて、体をブルブル震わせて、

「みぃ――――――――――ん‼」

体を盛大に仰《の》け反《ぞ》らせると、なまめかしい嬌声《きようせい》をあげた。

そこでオレはハッと気づいた。

まるで夢から覚めたかのように現実世界へと戻った。

そして思った。

なんだ今のはっ⁈

意味がわからんっ！　わけがわからんっ！

いったいどんな妄想《もうそう》だっ?!

思っていたら声がした。

〈イメージ………。〉

それはリアのテレパシーボイス。

オレの腕にくっついているリアが、オレの頭に直接響かせる声。

〈ラクトが気にしていた人が、頭の中に浮かべたイメージ………。切り取って………伝えた。〉

マジかい。

〈うん………。〉

しかし、いくらセシリアだからと言って、パスタひとつでそこまでは……。

〈ズレは………あるかも。〉

リアは、オレの腕にしがみつく力をギュッと強めた。それが重要なことであるかのように、すりすりと頬《ほほ》ずりをしてくる。

〈くっついてないと………まばら。〉

オレは納得した。

しかし一方、気になった。

まばらって……具体的にはどんくらいだ？

思いながらセシリアを見る。

セシリアは、恍惚《こうこつ》の表情で頬《ほほ》に手を当てていた。

「美味しくも暴力的な触感《しょっかん》が、さながらわたくしにまどわう触手《しょくしゅ》のように、淫靡《いんび》に絡みついておりますわぁっ…………!」

なんてこったい。

だいたい合ってる。

イメージがエロくなっているのは、オレからの悪影響のせいだろうけど、**それとは別にセシリアもおかしい。**

知力が3だから、状態異常にもなりやすいんだろうか。

第6話　ラクトの覚悟。

「すばらしき美味でしたわぁ……」

セシリアが、恋する乙女のように頬《ほほ》を染め、ほうっと甘いため息をついた。

「この味ならば、互角以上には戦えそうだな」

ライナも、じっくりと噛みしめつぶやくが——。

「しかし、採算は取れるのか？　確かに味は互角以上だが、値段はあちらの五倍する。それに対抗するとなれば、こちらも価格を下げるしかないように思うが……」

「それについては、『逆』で行こうと思う」

「逆？」

「価格は重要な要素だけど、絶対じゃない」

例えば野球やサッカーだ。

数千円の金銭を払い、思い出以外になにも残らない時間を使って、一時《いっとき》の熱を得る。

例えばピザやカツ丼だ。

太っている人間にとって、ピザやカツは単なる毒だ。それでもデブはピザを食う。

オレは生きるために食べているんじゃない。食べるために生きているんだ。

そんなことを名言ふうに語り、**脂肪と希望を蓄《たくわ》えている。**

それが人間。それこそが人間。

「食べられない花。さわれない星。まばたきの合間に消える虹《にじ》。そういうものに心を震わせるのが人間だ」

だから言おう。オレはひとりの人間として。

「メイド服だ――」

ライナやシャルルが、それを着ている姿を想像しながら続ける。

「みんなでメイド服を着て、メイド喫茶をするんだ――」

オレは、高原を駆《か》ける白馬に乗っているかのごとき、高らかな気持ちで言った。

しかしみんなは、沈黙《ちんもく》をした。

そして――。

「「「「いったいなにを言っている」のだっ！」のさっ！」じゃんよっ！」でありますっ！」ですかっ⁈」

大ブーイング。

だがそれは、反対のブーイングという感じではなかった。ただ純粋に、『わけがわからない』といった感じのブーイングであった。

だから、オレは説明してやる。

「そのまんまだよ！　そのまんま！　店員さんが、全員メイドな喫茶店にするんだよっ！」

「それで商売になると言うのか……？」

ライナがオレのほうに顔を向ける。

「なるっ！」

オレは言い切った。

「そしてその喫茶店では、料理をだしたりする以外にも、いろんなゲームやサービスをする」

「ゲームに……」

「サービスでありますか……」

「想像がつかないじゃんね」

首をかしげるライナやシャルルにティアナたち。

けれども、理解はしようとしている。

それゆえにもどかしい。

明確に拒絶されるのならば諦《あきら》めもつくが、『よくわからない』という理由で、お話を流されるのは悔《くや》しい。

どうすれば伝わるか。考えていたら、ミーアがすらりと口を開いた。

「ラクトさんがやってみればいいんじゃない？　メイド服着てさ」

ホワッツ?!

「だって言うでしょ？　ことわざにもさぁ。赤を知らせたくば火を見せろ——ってね」

それは確かに正論だ。

『赤』という色を理解させたいのなら、赤い炎を見せればいい。

「でもオレがメイド服着たって誰も得しなくねぇ?!　**ゲロにワインを入れてもゲロだろ?!**」

「ボクは大いに得するよ！」

「わたしも、正直……」

「シャルルも、少々……」

「見てみたいってのは、あるじゃんね……」

「…………」↑無言で頬《ほほ》を染めながら、もじもじしつつも、うなずくレミナ。

（じぃ……。）↑リア。

おかしい！　みんなおかしい！

この国の教育は腐っているよ！

しかしオレ、考えろ。

ここでオレが一時《いっとき》の恥を忍んでメイド服を着れば、**みんなにも着せることができる。**

聖書にも、あったような気がするじゃないか。

汝《なんじ》それを求めるのなら、まずは与えよ。

微妙に違う気もするが、だいたいそんな意味の言葉があったような気がするじゃないか。

軍人さんも言っていた。

やってみせ、言って聞かせて、させてみせ、ほめてやらねば、人は動かじ。

人になにかさせるなら、まずは自分がやるべきだ。

大局を見失うな。

ライナやシャルルたちに、メイド服を着せるという、**真の目的。**

それによって、得られるものの大きさを考えろ。

それを前にして考えた時、オレがいま抱《いだ》いている羞恥心《しゅうちしん》やためらいに、意味はあるのか？

ありはしない。

オレが抱える大義の重さを考えたなら、オレがいま抱いている感情なんて、色褪《あ》せた虹《にじ》、破られる約束、人を大切にしない正義と変わらん。

覚悟を決めろ、天草《あまくさ》ラクト。ここがお前の踏ん張りどころだ。

男には、戦うべき日が絶対にある。それが今日。今日なんだ。

オレは今、とても男らしいことをしようとしている。

女が女の格好をしても、それは女装とは言わない。

だから女装は、男にしかできない。

世界に数ある行為の中でも、もっとも男らしいことなんだ。

だからオレは全力で——天草《あまくさ》ラッコちゃんになる‼

第7話　男性ラクト女装編。

オレは全力で女装をした。

（目を離すのは不安だったので）、リアといっしょに中央区の中を回って材料を購入。

店の二階を借りて、錬金術《れんきんじゅつ》を使う。高い技量の無駄遣いで、衣服やカツラなどを作製。

リアといっしょに、**自分の女を磨いていった。**

服を脱いで、薄桃色のカツラを被り、メイド服を着込む。

絹《きぬ》の糸に、桜色の花びらを織り込んだカツラは、風にさらりとたなびいた。

リアにも着せてやる。

設定は姉妹メイドだ。

カラーリングは、オレが白のエプロンに薄桃色の服。

リアは白のエプロンと、黒いメイド服である。

ただしカチューシャとニーソックスは、お揃いの白。

ここは絶対外せない。

特にスカートの丈は、厳密に拘《こだわ》った。

白いソックスとスカートの合間から、白い太ももがチラリと見えるように、**命を賭けた。**

見えなくっては意味がなく、見えすぎては価値がない。

誰よりもオレが、リアの太ももに顔を挟《はさ》んでみたいと思うような、絶妙の『チラリ』に至るまで調整を続けた。

そして仕上げに、オレはツゥ――と桜色の口紅を引いた。

姿見鏡に映るオレは、（自分で言うのもかなりアレだが）、なかなかの美人になってしまってた。

自分の中の大切ななにかが、壊れていくような気もしたが、**あえて気にしないことにした。**

オレは男だ。**女装をしているけど完璧《かんぺき》な男だ。**

男たるものが一度決めたことに、ぐじぐじとしてはいけない。

「リア」

リアはキスを待つお姫さまのように、瞳《ひとみ》を閉じては、唇を差しだした。

オレはリアの唇に、ツゥ――っと口紅を引いた。

リアはオレと自分の姿を、（じっ……………。）と見つめて立った。オレの腕に、ピト……とくっつく。

「おそろい…………。」

「ああ、おそろいだ」

（…………。）

リアは無言で、オレの腕にすりすりと頬《ほほ》ずりをしてきた。リアにとって、オレと『お揃い』ということは、それほどうれしいことらしい。

オレの胸に、温かな気持ちが流れ込んでくる。

「じゃあ、行くか」

（こくっ。）

◆　◆　◆

「お待たせ」

「「「っ?!」」」

みんなはそれぞれ絶句した。

オレの姿は、薄桃色のロングヘアー。

着ているものは、白とピンクのエプロンドレス。

しかも、**胸がそれなりにある**。

事前の情報がなかったら、まず間違いなく赤の他人と思うだろう。

事実ライナやシャルルらは、死んだ恋人でも見るかのような、信じられないものを見る目でオレを見ていた。

しかしすこしの間を置くと、オレをオレと認知した。

「はうぅぅ…………」

特にシャルルは頬《ほほ》を染め、胸元を握り締めては、切ない喘ぎ声を漏《も》らした。

「ラクトさま。とてもおかわゆいであります……」

媚薬《びやく》でも注射されたかのようにとろけ、オレの胸元に顔をうずめる。

瞳《ひとみ》は幸せそうに細められ、尻尾《しっぽ》は、ふりふりゆられてた。

「シャルルは甘えんぼうですね」

「はうぅ……」

オレはシャルルを抱き返し、頭をやさしく撫《な》でてやる。

メイドというよりは、姉《エルダー》。ラッコちゃんというよりは、『楽子おねぇさま』になってしまった気もするが、今のシャルルを見ていると、そうやって接するほうが自然なように思えた。

「なんかボク……いつもの三倍、キュンってしちゃってるかも……」

「アタシもじゃんね…………」

ミーアやティアナの反応は上々だ。

オレはシャルルを、カウンターの席へと案内。やわらかな手つきでメニューを広げ、木漏《こも》れ日《び》のような笑みを浮かべる。

「シャルル。なにが食べたい？」

「お任せするであります……」

「それじゃあ…………ハートオムレッツのプラタにするわね」

シャルルは催眠術にでもかけられたかのように、こっくりとうなずいた。

オレはティアナに注文を伝え、ティアナはシャルルに、割高のオムレッツをだした。

オレはオムレッツの上に、トマトソースでハートを描き、愛情を込めた。

「おいしくなぁーれっ♡」

ちなみに『プラタ』は、この街におけるオムレッツの食べ方だ。

オムレッツの下に薄いパンを敷いて、ナイフで切ってはフォークで刺して、パンといっしょに食べるのだ。

オムレッツとパンの隙間には、ソースが入っていることも多い。今の場合は、トマトソースだ。

「はい、シャルル。あーん、して」

シャルルは、あーん、と口を開いた。

オレはオムレッツをナイフで切って、深く刺してはシャルルに食べさせる。

「おいしい？」

「とても……ふわふわであります…………」

シャルルは夢を食べているかのような調子でうなずく。

ちなみに、このオムレッツの中にもマヨネーズが入っている。

オムレッツを作る途中でマヨネーズを入れてやると、ふわふわになるのだ。

「それじゃあシャルル。ひとりで食べれる？」

「食べられるでは、ありますが……」

シャルルは小さくうなずきつつも、オレの腕にくっついてきた。

「それでも、食べさせてほしいでありますぅ……」

オレはシャルルを抱き寄せた。頭を撫《な》でながら顔を向ける。

「ごめんね、シャルル。でもおねぇちゃん。ちょっと忙しいから」

それだけ言ってシャルルを離し、ナイフとフォークをシャルルに握らせる。

「だからね、シャルル。自分で、あーん、して」

シャルルはオレに導かれるがまま、自分でオムレツを切った。あーん、して食べた。

「いい子ね」

オレは、シャルルの頭をくしくしと撫《な》でた。

ゆらりと優雅に、席を立ち――。

「レミナ」

「ひあっ⁈」

こちらを見ていたレミナへと声をかけた。

歩み寄り、頬《ほほ》に手を当てて言う。

「ごめんね。さびしかったでしょ？」

レミナは、かわいいウサミミをピンと立て、次にくにゃりと折り曲げた。

至近距離からオレに見られて、真っ赤な顔で視線を泳がす。

「べべっ、べつに……、さびしくは………」

「そんなこと言わないで」

オレはレミナを抱きしめた。

「あなたに、『さびしくなかった』なんて言われると、おねぇちゃんがさびしくなっちゃうんだから」

「あうっ、うっ………。うん………」

落ちたな。

オレはレミナを席へと連れていき、割高の注文をさせた。

続いてミーアも座らせて、チラとライナのほうを見た。

ライナは、深い悲しみと絶望を携《たずさ》えて、瞳《ひとみ》をうるませ震えていた。

世界のすべてに裏切られた人間の顔をしていた。

けれども、オレは動じない。

ライナがどうしてそうなのか。視線を見ればわかるからだ。

ライナは見るも哀れなほどに涙を滲《にじ》ませ――。

「どんな魔法を使ったのだ?!」

オレの胸を鷲掴《わしづか》みにした。

ライナは、貧乳コンプレックスが強い。

毎日毎朝、ミルクをごきゅごきゅ飲んだりしている。

そんなライナからすれば、オレの胸がこうなっているのは、**理不尽《りふじん》以外の何物でもない**。

実際は、錬金術《れんきんじゅつ》で作ったパッドを入れているだけだ。しかし、この世界にそれがあるとも思えないし。

オレは言った。

「おねぇちゃんは、ここのお店の、お料理を食べたの」

「ほんとうかっ?! ほんとうに、ここのお店の料理を食べれば、大きくなるのかっ?!」

オレは無言でにこりと笑い、肯定の空気を全身で作った。

ただし口では肯定しない。

『店の料理を食べた』とは言っても、『それのおかげで大きくなった』とは言わない。

「そうか。大きく……。大きくなるのか……」

ライナは唇を噛みしめて、うれし涙をぽろぽろとこぼした。

だされたクッキーを、リスのように両手で持って、あむりとかじった。もぐもぐと噛んだ。

クッキーとともに、希望を噛みしめて飲んだ。

どうもライナは、胸のことになるとアホの子になってしまうようだ。

胡散臭《うさんくさ》いヒゲの男が、『胸が大きくなるツボ』を売っていても、買ってしまいそうである。

心配になるがかわいい。

そしてオレがホルホルしてると、じとっと湿った視線を感じた。チラと見る。

「…………」

セシリアだ。

カウンター席の端で、こちらをジト目で見つめてた。

オレと目が合うとすぐに逸《そ》らして、不自然にそわそわとした。

仲間ハズレはさびしいのだが、自分からそれを言うのはプライドが許さない。

そんな顔であった。

ほかの子であれば、迷わず声をかけるところだが——。

「おいしい？　ライナ」

オレは無視した。

「どうしてわたくしを無視なさるのですかっ?!」

「声をかけてほしかったのか？」

「そんなはずはございませんわっ(><)。高貴なるわたくしは、孤高《ここう》でもあるのですからっ！」

「ならいいじゃん」

「そうですわっ！　**なんの問題もないのですわっ！**」

セシリアは声高に言うと、椅子の上にちょこんと座った。

注文していたらしいカクテルを、ストローで吸う。

オレやライナやシャルルらが、和気あいあいとしている横で、ちゅう、ちゅう、ちゅう……

と、**ひとりぼっちでさびしくすする**。

そして、すすること数十秒。カクテルが、ズズ……とさびしい音を立てたところに――。

「ラクトさまの、バーカ、バーカですわぁ――――！」

席を立っては走りだし、店の外へと逃げた。

オレの頭に、謎《なぞ》の脳内選択肢が現れた。

それがどんなものかと言うと――。

　セシリアを追いかけますか？
　はい
　いいえ

オレは迷わずいいえを押した。

クッキーを摘《つ》まみ、紅茶をすすり、まるで白百合のような、優雅なひと時を楽しんだ。

セシリアのことは気にしなかった。

なぜならば――。

「どうして追ってこないのですかぁ?!」

こうなると思っていたからだ。

いろいろとウザいセシリアは、寂《さび》しがり屋のアホの子でもあった。

第8話　オレはピュアだっ！

ソファー席。

女装を解いたオレは、体育座りでいじけるライナを後ろから抱いていた。

包むように抱いて、子どもをあやすゆりかごのように、体を前後へとゆする。

「ごめんってばぁ、ライナぁ。ごーめーんっ」

「べつによい……。わたしはべつに、べつに…………」

ライナは、ぐすん、ぐすんと涙ぐみ、つい先刻までオレが胸に入れていたパッドをふにふにと揉《も》んでいた。

オレが巨乳の秘密を種明かしして以降、もうずっとこんな感じだ。

これはオレのミスである。

ほかはともかく、**ライナの胸に希望を持たせてはいけなかった**。

ライナに対してそのネタをやることは、地雷《じらい》の上でコサックダンスをやるのにも等しい。

だけどかわいい。ライナかわいい。

はぐぅ……って落ち込むライナかわいい。

いつもはキリッと立っているオオカミの耳を、くんにゃり曲げてしまっているライナかわいい。

胸のほうは、**ロードローラーで潰されたアスファルトみたいに硬くてぺったんこだけど**、体のほうは、華奢《きゃしゃ》でやわらかなライナかわいい。弾力のある羽毛布団のような、最高の抱き心地をしているライナかわいい。

髪もふんわりとしているライナかわいい。

顔をうずめて瞳《ひとみ》を閉じると、白い花びらに包まれたかのような、幸せな気分になれる。

こうしてギュッと抱いているのも、慰《なぐさ》める目的が七割。抱いていて気持ちいいのが八割だ。

計算がおかしいような気もしたが、**それはかわいいライナが悪い**。

かわいい具合が一〇割で納まらないから、オレの気持ちも限界を突破してしまう。

「それにしても、楽子おねぇさまは……、おすてきでありました……」

シャルルがぽんわり、恋する乙女のような顔でつぶやく。

「ラクトさまのように凛々《りり》しく、ラクトさまのようにおやさしく……」

シャルルは頬《ほほ》に手を当て、はぅっとため息をつく。

メロメロになったまま、くねくねくねっと身をよじる。

「まるでラクトさまを、優雅に女性化したかのようで……」

まるでって言うか、**そのものだけどな**。

「はうぅ〜〜〜〜〜〜〜〜〜〜〜〜」

悶《もだ》えるシャルルの背景に、白百合の花が咲いているのが、見えたような気がした。

どうやらオレは、シャルルの新しいトビラを開いてしまったらしい。

「とりあえず……。ボクたちに関しては、『メイド服での接客による効果』を認めないわけにはいかない……ってお話だね」

恥ずかしそうにミーアが言う。

「…………」↑赤面しつつうなずくレミナ。

「わたくしは、接客されませんでしたわ……」

約一名を除いて上々な反応。

しかし、オレは考えてしまった。

先のオレのスタイルに、メイド服が関係なかったとは言えない。

メイド服がケアルなら、年上のおねぇさんはホイミ。

どちらも等しく、癒《いや》しの魔法だ。

しかし、それを掛け合わせると、相乗効果《そうじょうこうか》で威力が何倍にも跳ね上がる。

オレの願望のひとつでもある。

だがそれは、いわゆるメイド喫茶のメイドさんとは、すこし違った。

それゆえに思う。

メイドに拘《こだわ》る必要は、ないんじゃないか……？

ライナやシャルルに、メイド服を着せたい。メイド服で、ご奉仕させたい。

それはハッキリ思ってる。

気持ちはピュアで、ウソはない。

しかしレミナあたりだと、メイドにしたいとは、あまり思わない。

天然のウサミミっ娘《こ》なのだから、バニー服しかないだろうと思う。

メイド服はすばらしい。

だけど世界は、それだけじゃない。

メイド服（至高の衣服）に、勝るとも劣《おと》らない服がある。

ナースやブルマ、セーラーたちがそれである。

『メイド喫茶』と決めつけて、限定してもよいのかと思う。

メイド服を基調としつつ、曜日とかイベントの日には衣装を変える——とか、商売的にもアリな気がするし。

でも今はとりあえず、**エロい格好させたいな。**

エロいことやりたいな。

「ラクトさん……」

「ラクトさま……」

「ラクト……よぉ」

「アマクサ……」

「ん？」

オレはふと顔をあげる。

なぜかみんな頬《ほほ》を染め、もじもじとしては、太ももをこすり合わせたりしてた。

唯一、それをしていなかったセシリアが叫ぶ。

「声が漏《も》れておりましたわっ‼　なんと不純なことを考えていらっしゃるのっ⁈」

「オレはピュアだぞっ⁈　**エロい気持ちに、不純物を混ぜてはいない‼**　世界のエロスと完全に一体化した、純度一〇〇の爽《さわ》やかエロスだ‼」

「言い切りますのっ⁈」

「当然だっ！　今のオレほど、自分を誇りに思っているやつはいないっ‼」

「みいっ……」

言い切りまくったせいだろう。セシリアは怯《ひる》んだ。ほかのみんなのほうに向く。

「よろしいのですのっ⁈　あなたがた、このラクトさまで本当によろしいのですのっ⁈」

「むしろそこがいいっ‼」

ミーア即答。超即答。

「シャルルはすでに、体も心もお捧《ささ》げしてしまっているシャルルでありますゆえ……」

「わたしは少々、自重してほしいと思う日もあるが…………」

シャルルとライナは恥じらいつつも、オレを否定はしなかった。

「みなさん揃ってふしだらですわっ！　お淫《みだ》らですわぁ！」

「けどオレは、**オマエにも衣装を着てもらうつもりでいたんだが……」**

「なぜですのっ⁈」

「協力するって約束じゃん」

「ですけど……、それは……」

セシリアは声を詰まらせてうめき、妥協《だきょう》点を探るかのように言った。

「ちなみに……わたくしには、どのようなお衣装を………？」

オレは言った。

「首輪をつけた奴隷《どれい》メイドだ」

「あんまりですわぁ‼」

もっともな悲鳴。

実際オレもそう思う。

それでもオレは、説得をした。

「けどそれは、オマエにしか着れない衣装だ」

「どういうことですの……？」

「奴隷《どれい》メイドが最大の力を発揮するのは、プライドの高い女騎士や姫。そして高貴なる貴族の令嬢が堕《お》とされた時だ。恥辱《ちじょく》と屈辱《くつじょく》に歯を食い縛《しば》りながら奉仕する姿に、人は惹《ひ》かれる」

「最低の発想ですわっ！」

「でもその役は、高貴な人間じゃないと務まらない。だから今いるメンバーの中だと、オマエにしかできないんだ。高貴なるオマエにしかっ‼」

我ながらデタラメである。

いくらセシリアと言え、こんな話にはひっかからないだろう。

ただこれは、『ハイボールテクニック』と呼ばれる交渉術《こうしょうじゅつ》だ。

最初に無理なハードルを出して、相手と軽く議論する。

そして譲歩《じょうほ》のフリをして、真の要求を通すわけだ。

今回で言えば、奴隷《どれい》メイドを拒絶するセシリアに、『せめて普通のメイドなら……』と言わせれば成功である。

オレは、セシリアからの返事を待った。

セシリアは、誇らしそうに胸に手を当て――。

「でしたら仕方がございませんわね……」

なにぃ――――――――っ⁉

「高貴なるわたくしにしかできないのであれば、高貴なるわたくしが、やらないわけにはいかないですわっ！」

セシリア（アホの子）は腕を組み、いわゆるひとつのドヤ顔をした。

どこまでも残念な知能を持っている知力3である。

ライナやシャルルが苦笑を浮かべ、ミーアは軽く、あははと笑った。

「まぁラクトさんが女装してくれた以上、ボクたちがなんにもしないってわけにはいかないよねっ♡」

「させたのはキミであり、わたしたちでは…………」

「ライナさんは渋るんだね……」

ミーアはジト目でつぶやいた。

「それはやはり……、いやらしいことを『される』のと、自分から『する』のは似ているようで、別物なわけであり…………」

「それでもシャルルは、ミーアの意見には、一理あると思うであります……」

「アタシも、ないとは言えないじゃんね……」

「それでもやはり…………だな」

「それじゃあさ、こーいうのはどう？」

ミーアは、人差し指をピーンっと立てた。

「ラクトさんが用意した服を着つつ、ひとりひとり順番にラクトさんを接客。それでラクトさんを一番ドキドキさせた人が、ラクトさんを一日独占できる権利を獲得——みたいなやつ」

「アマクサを――」

「ラクトさまを――」

「一日……」

「独占………であります か」

「うん。ボクたちは独占で、セシリアさんは解放される権利」

シャルルとレミナがソワソワしだし、ゴクリと生唾《なまつば》を飲んだ。

「しかしわたしは……」

「ライナさんが参加しないって言うんなら、別にボクたちだけでやるけど？」

「はぐぅ……」

ライナは胸に手を当て、涙目でうめいた。

「アマクサ……」

「なに？」

「知っていると思うが、わたしの胸は貧相だ……。**メスのスケルトンのほうが、いくらか巨乳かもしれぬ……**」

「それはさすがにないと思うよっ?!」

「そうであろうか……」

「だってライナは皮あるじゃん!!」

「骨と皮だけということかぁ…………！」

しまった。

ついうっかりと、**本当のことを言ってしまった**。

「それでもキミは、わたしのそういう格好を見たいというのか……？」

「もちろん見たいっ！　（胸以外は）見たい‼」

「そうか……。見たいのか……。それならば、仕方がないな……」

ライナは幸せを噛みしめたかのように、ひっそりとつぶやいた。

第9話　リアちゃんといちゃいちゃ、（・∀・）ノ

「よし……」

ライナが、オレの手首に腕輪《うでわ》をつけた。濃い紫色をした、優美な腕輪《うでわ》だ。

「その腕輪《うでわ》は、人間の脈やマナの乱れに応じて、特殊なエネルギーを出すと言われている」

たぶん超音波とか、そういう性質のものだろうな。

『音は波』という概念がないと、音波や超音波が作る性質は、オカルトめいた概念になる。

オレがひとりで納得してると、ライナはピンポン玉ぐらいの大きさをした、特殊な石をオレに見せた。赤くて綺麗《きれい》な石である。

「そしてこの石は…………」

不自然に黙るライナ。オレは首をかしげたが――。

「ワッ‼」

驚かされてビビッた。めっちゃドキリとしてしまった。

ライナの持っていた石が、一瞬ブクッと大きくふくれた。

「キミがつけている腕輪《うでわ》のエネルギーを受け取ると、膨張《ぼうちょう》するという不思議な性質がある」

「なるほど……」

「そしてこの石を、水で満たしたコップに入れておけば、腕輪《うでわ》をつけている者の動揺《どうよう》量に比例して膨張《ぼうちょう》。コップの水を溢《あふ》れさす………というわけだ」

「それで溢《あふ》れた水の量を見れば、オレがどれだけドキドキしたのかもわかる……ってことね」

「そういうことだ」

便利なものがあるもんだな。

「そっ……そういうわけで、わたしたちは二階へと向かい、キミが用意してくれた衣装から、一着を選んでは着替える。

そしてくじびき順に降り、『サービス』で、キミのことをドキドキとさせる。キミは細かく考えず、キミの自由に振る舞ってくれ」

「わかった」

「そういうことで、よいなっ⁈」

ライナは、シャルルやミーアたちにも確認を取った。

みんなそれぞれうなずいて、二階へと向かった。

オレはコーヒーをすすり、ゆったりと息を吐いた。

そわそわとして、階段のほうを見る。

じんわりとした、感動めいた感情が湧《わ》きあがった。

いろいろやった。長かった。男として大切なものを捨てたような気もした。

しかし苦労が報われる。これですべてが報われる。
仮に夢なら、絶対に覚めないでほしい。
覚めてもいいが、最後までは見せてほしい。
待つこと一〇分か二〇分。ギシ……と階段の軋《きし》む音がした。
オレは心を弾ませて待った。
コップの水がチャポ……と溢《あふ》れ、下の皿に落ちた。
最初の子は——。
「リアか」
（こくっ。）
リアの姿は、**白と水色のコントラストがまぶしいセーラー服にニーソックスだ。**
胸元で蝶々《ちょうちょう》結びになっている赤いリボンもかわいい。
オプションのカバンを両手で持っているのもポイントだ。
オレはテーブルの上にあった、砂時計をひっくり返す。
ひとりがオレと接する時間は、この砂が落ちるまで。
時間にすれば二〇分ほどだ。
（………。）
リアは髪をちょいちょいといじっては直し、オレの隣にペタンと座った。

オレの腕を組み、ピト……と頭をつけてくる。
いつものリアの態度なのだが、衣服のおかげで新鮮《しんせん》な気分だ。
(ラクト……。)
(ん?)
(ごはん……。)
リアはテレパシーで欲求を伝えると、ステーキの映像をだしてきた。
オレはステーキを注文してやると、ナイフとフォークで切ってやろうとした。
が——。
(……。)
リアはオレの両手を掴《つか》んだ。
(ふるふる。)
首を小さく振ったリア。テレパシーで言ってくる。
(いまは……、わたしが、サービスする……じかん。)
そういうことか。
オレはナイフとフォークから手を放す。
リアは代わりにそれを持ちナイフをステーキに当てた。
(こきこきこき。)

かなり危なっかしい手つき。肉もうまく切れてない。ぐにゅぐにゅ前後しているだけだ。

しかし一生懸命だ。(｀・ω・´)な顔で切っている。

手伝ってやりたい気持ちでいっぱいになるが、見ていなければいけないところだ。

途中で口をだしてたら、子どもは手伝う気力をなくす。

(ん～～～～～～～～～～～～～～っ。)となりつつ、こきこきやっている姿を見ても、黙っていなくてはいけない。

ああ、ああ、もどかしい。

すごく、すっごくもどかしい。

洋服を畳むのに悪戦苦闘している三歳の子を見ているような気分だ。

そわそわもじもじしてしまったせいか、コップの中の水も溢《あふ》れた。

かなり時間はかかったが、リアは無事にステーキを切れた。

フォークで刺して、オレの口元に持ってくる。

オレは、あーんして食べた。

小さな姪《めい》っ子を相手にしているような気分だ。温かく、ほほ笑ましい気分になってくる。

(じっ………。)

リアは視線で、おいしかったかどうか尋ねた。

オレはにこりと笑って答える。

「おいしいよ。リアが切ってくれたからね」

リアの瞳《ひとみ》が、「んっ…………。」と細くなった。頭のアホ毛もひこひこ動く。

喜んでいる証拠。

オレはいっしょにうれしくなって、リアの頭をくしくしと撫《な》でた。

そうこうしているうちに、砂時計の砂が落ちる。

「時間だな」

オレは目線でリアに離れるように言った。

（ガーンッ！）

リアはとってもショックを受けた。

オレの胸に顔をうずめて、いやいやいやっと首を振る。

「それはワガママだぞ」

オレは口調で、「めっ」と叱《しか》った。

リアは葛藤《かっとう》していたが、
ぎゅ～～～～～～～～～～～～～～～～～～(＞＜)

と、今生《こんじょう》の別れのように抱きついてから、オレがいる店の隅《すみ》とはもっとも離れた、店の入り口に近いソファー席へと移動した。

第10話　ライナといちゃいちゃ ヾ(o゜ω゜o)ノ゙

次はいったい誰だろう。

オレはそわそわとして待った。

こっちではおよそ二〇分で落ち切る砂時計だが、二階のほうのは二十五分ほどかかる。

だから若干《じゃっかん》のタイムラグはある。

それでもすこし待ってると、ギシ……と、階段の軋《きし》む音が聞こえた。

オレの胸がザワリと弾んだ。

そして現れたのは——。

「ライナか……」

「あっ、ああ……」

ライナの衣服はメイド服。

フリルのついた白いエプロンに、ピンクのワンピース。そして頭のカチューシャだ。

「はぐぅ……」

シルバーウルフを彷彿《ほうふつ》とさせる尻尾《しっぽ》は、腰にくるんと巻かれ、(ライナにとっては) 恥ずかしい格好を隠そうとする。

夕焼けのように赤い顔で、エプロンの裾《すそ》を握りしめては身をよじったりもする。

うる……と瞳《ひとみ》をうるませて、上目遣いでオレを見てきた。

「おかしくはないか……？」

オレは首を左右に振った。言葉はうまくでてこない。

熱い感情が渦《うず》を巻く。頭が沸騰《ふっとう》しそうな感じだ。

萌《も》えのようにくすぐったい感情でありながら、それだけでは収まらない。

ライナを思う熱が、体の中を駆《か》け巡《めぐ》っている。

煮え。

名づけるならばそうなるだろう。

オレは今、猛烈に煮えている。

「かわいいよ」

熱い唾液《だえき》を飲み込んで、かろうじて言った。

「ライナは、かわいい」

「そうか……」

ライナは喜びと言うよりも、安堵《あんど》の息をほうっと吐いた。

「座ってもよいか……？」

「ああ」

オレの許可をもらったライナは、前髪を整えては深呼吸をして、オレの隣にちょこんと座った。

「わたしがこの『スカート』を穿《は》くのはな、生まれて初めてのことなのだ……」

ライナは太ももをこすり合わせた。

「露出は多いし、スゥスゥとするし、ヒラヒラ舞っては、動きにくい。キミが『見たい』と言わなければ、絶対に着ない衣装だ……」

どうりで初々《ういうい》しいわけだ。

「わたしはキミと出会って以来、ずいぶんといろんな、『初めて』を経験している……。初めての恋に初めてのキスがキミならば、初めての、セ……も、キミだ」

ライナはまるで、生まれて初めての告白をする女の子のようだ。

「異様にヤキモチを妬《や》いてしまったり、自分の体形や服装について、あれこれと考えてしまったり、ひとりの時間が異様に寂《さび》しく感じられるようになってしまったのも、初めてだ……」

ともすればマイナスになる概念。

しかしライナの声音には、幸福感しか漂《ただよ》っていない。

言葉にできたからだろう。ライナは満足そうに息を吐き、羽ペンと羊皮紙《ようひし》をだした。

「それでは仕事の話でもしようか」

「えっ⁈」

「戦いにおける最大の禁忌《きんき》は、相手を甘く見ることだ。マヨネーズの作製やサービスの向上だけで満足はせず、ほかのメニューやサービスも考えよう」

「そんなんやったら、今の戦いのほうに負けるんじゃ……」

「それはその通りなのであるが……」

ライナは口篭《くちご》もり、かなりためらったのちに、ぽっつりとつぶやく。

「キミにかわいいと言ってもらえたことで、満足してしまったわたしも存在している……」

あえてオレからそっぽを向いて、素っ気なく言うライナ。

しかし真っ赤になっているうなじを見れば、どんな顔をしているのかは、簡単に想像がついた。

ああ、もう、かわいいなぁ。

幸せな気分になったオレは、ライナが言うように仕事の話をすることにした。

ティアナも呼んでは腕輪《うでわ》を構え――。

「リーズ」

と呪文《じゅもん》を唱《とな》えては、食品サンプルをだす。

レストランなどに飾られている、メニューの模型《もけい》的なアレである。

ライナたちの衣装を作ったついでに作ったのだ。

「へぇ……」

「おおっ……！」

ティアナは感心したようにうなずいて、ライナはググッと身を乗りだした。

「ひとつひとつは見たことのあるメニューだが、組み合わさると、こう……**ワクワクとするな！**」

シルバーウルフの気高い尻尾《しっぽ》は、パタパタパタッ♪　とゆれていた。

「特にこの旗！　パンに刺さっているこの旗がよいな！」

そしてライナは、キラキラと輝《かがや》く瞳《ひとみ》をオレへと向けた。

「これのメニューに名前はあるのか⁈　もしもないなら、わたしがつけてもよいであろうか⁈」

ハイテンションなライナ。しかし生憎《あいにく》、これには名前がついている。

その名も――。

「お子さまランチ」

「……………なに？」

「お子さまランチっていう名前なんだよ、これ」

ハンバーグ、エビフライ、スパゲッティにポテトサラダ。

この地方では米があまりメジャーではないため、旗は丸いパンに刺している。しかしそれを抜かせば、純度一二〇パーセントのお子さまランチ。

「なにゆえにそのような、ひどい名前がついているのだ……？（半泣き）」

「子どもが好きな食べものの寄せ集めだから（即答）」

「はぐぅ……」

ライナは羞恥で真っ赤になった。

日記に書き記していた、恥ずかしいポエムを見られてしまった女の子のようである。

「しししっ、しかし、子どもが好きだからと言って、オトナが好んではいけないという理屈もないであろうっ?!」

鎖骨《さこつ》のあたりで拳《こぶし》を握り、必死な様子のライナ。

それ単体は、どう見ても苦し紛れ。

しかし——。

「そうだな……」

日本でこそ、『お子さまランチ』として広まっているお子さまランチ。しかしこの世界に、そんな常識はない。

となれば名前を変えて売りだしたほうが、子ども以外にも売れてよいのではないか。

「そうであろうっ?! そうであろうっ?!」

ライナはもはや、ダボハゼみたいに食いついてきた。

かわいいなぁ。

いつまでも愛《め》でていたい気はしたが、それをやるとオレの理性がヤバくなる。だから仕事の話をしよう。

「それで旗のデザインだけど……」

オレはこれまた、事前に用意していたプレートをだした。

「こういうキャラクターの絵がついたプレートにするってのはどうかな」

それは丸いフォルムに黄色い体。

そこはかとなくウサミミを彷彿《ほうふつ》とさせる、長い耳に赤いほっぺたを持って、**雷を思わせるジグザグの尻尾《しっぽ》をした**キャラクターでもあった。

「かわいいじゃんね」

「まっ、まぁ。悪くはないな……」

率直に言ったティアナに対し、ライナは怒ったように腕を組み、つっけんどんに言った。

けれど尻尾《しっぽ》は、ソワソワパタパタ振れていた。

「このキャラクターの名は、いったいなんと言うのだ?」

お子さまランチの件がよほど堪《こた》えてしまっていたのか、ライナはかなり警戒していた。

オレはさらっと言う。

「電気スズメのピカチュンだ」

ネタの元は、言うまでもなくアレだ。

ポケットに入る大きさをした、ポケットなモンスターのアレだ。

「なるほど。ピカチュン。ピカチュンか」

ライナは弾む気持ちを抑えるかのように、うんうん深くうなずいた。

「ちなみにこのプレートは、これ一枚しかないのであろうか?」

ライナはお預けを食らっている犬のように、ピカチュンに手を伸ばそうとしながら聞いてきた。

「ピカチュンはそれ一枚だけど……」

オレは腕輪《うでわ》を構えると、別のプレートをザラザラとだした。

「それ以外なら三〇枚ぐらいある」

ポケットなモンスターだけではない。

それ以外のゲームのキャラクターや、オレが小学生の時の落書きを元にしたキャラ。

٩(・ㅂ・)وな顔文字をモチーフにしたようなキャラクターも混ざっている。

「だいたいここから一五枚ぐらいを選んで並べて、メニューを注文する時には選べるようにする。それでプレートを全種類そろえたら……」

オレは、『リーズ』と呪文《じゅもん》を唱《とな》え、これまた事前に用意していたソレをだした。

「このピカチュンのぬいぐるみをプレゼントしたりする」

「ふあぁ………」

ライナはぶるぶる身を震わせて、ぬいぐるみを掴《つか》んだ。

すりすりすりっ！　と頬《ほほ》ずりしまくる。

「ふああっ、ああ！　悪くはない！　悪くはないな！　まったくもって悪くはないが、それだけの、なんとも微妙なサービスであるなぁ！」

大好評であった。

第11話　セシリアさんがノーパンになるお話。

砂時計の砂が落ちた。かわいいライナとの楽しい時間が終わる。

「終わりか……」

すでに満足していたライナは、**ぬいぐるみを抱きしめたまま離れた。**

オレは幸せな気分で次の子を待つ。

やってきたのは——。

「オマエか……」

「ええっ！　高貴なるわたくしですわっ！」

胸に手を当てて名乗るセシリア。その顔は、喜悦《きえつ》と恍惚《こうこつ》に上気していた。

周囲には、星がキラキラ舞っている。

得意満面という四文字熟語を擬人化したら、こんな感じになるかもしれない。

首輪をつけた奴隷《どれい》メイドのスタイルでこんな顔をしてくるとは、さすがの知力3である。

けど違う。

こんな自信たっぷりにしてるのは、奴隷《どれい》メイドの姿じゃない。

強い不満を持ったオレは、セシリアのスカートをまくった。

見えたパンツは、レースがついた淡いピンクだ。

これはかわいい。エロかわいい。正直言ってグッとくる。

「いやぁぁぁぁぁぁぁぁぁぁぁぁぁぁぁぁぁっ‼」

あがる悲鳴や恥辱《ちじょく》に染まった真っ赤な顔も、すばらしいの一言だ。

初めてエロ本を見た時のような、**ピュアな気持ちを思い出す**。

「いったいなにをなさるのですのっ⁈」

つかコイツ、ビジュアル的にはかなりいいんだよな。

金髪で巨乳だし、かなり美人でありながら、美少女と言えるような愛嬌《あいきょう》もある。

見た目だけならストライクである。

なのに中身がセシリアだとか、**このセシリアを作った神はいったいなにを考えているんだ。**

上等なシチューにゲロを入れたら、できあがるのは量の多いゲロじゃないか。

この世界の神はクソだ。クソのようなナニカだ。


チクショウ……。

　チクショウ……。


「どうして辱《はずかし》めを受けたわたくしが、親の仇《かたき》を見るような目で睨《にら》まれなくてはならないのですのっ⁈」

「確かに冷静に考えた場合、オレは酷《ひど》いのかもしれないけどさぁ……」

「冷静に考えずとも、ラクトさまは鬼悪魔っ！　鬼畜外道《きちくげどう》の鬼悪魔ですわぁ‼」

「んだとコラ」

「真実ですわっ！　真実ですわぁ‼　ラクトさまの正体は、ハエの王より生まれし鬼畜外道《きちくげどう》の鬼悪魔王子さまですわぁ！」

サイレンの音に吼《ほ》える犬のように、キャンキャンと喚《わめ》くセシリア。

アホの子なわりに、イヤな語彙《ごい》は奇妙に豊富だ。

まぁいいや。

そこまで言うなら、徹底的に『鬼悪魔王子』とやらになってやるとしよう。

オレはセシリアの股間《こかん》に目をやって言った。

「脱げ」

「ひうっ⁈」

「スカートは脱がなくてもいいが、**下のパンツは今すぐに脱げ**」

「いったいなにをおっしゃるのですのっ⁈」

セシリアは、漏《も》らすのを我慢している女の子のように股を押さえた。

オレは瞳《ひとみ》を、（セシリアが言ってた）鬼悪魔王子のように細める。

「今のオマエはなんだ？」

「こっ……高貴なる奴隷《どれい》メイドですわっ！」

「オレはなんだ？」

「わたくしが奴隷《どれい》ですから……」

セシリアはぶつぶつと考えてから言った。

「わたくしのご主人さまですわっ！」

「つまりその命令は？」

「命に代えても服従ですわっ！」

「わかってんじゃん」

「わかってますわ！」

セシリアは、胸に手を当て言い切った。

「なら脱げよ」

「ですけどそれは、なんだかおかしいような気がいたしますのですわぁ‼」

セシリアは拳《こぶし》を握り、(><)な顔で言ってきた。

「だったらオレが脱がしてやろうか——？」

オレが一段低い声で言うと、アホのセシリアは怯《ひる》んだ。

「みうぅ……、みぃ………」

ライオンに捕まった小鹿のように膝《ひざ》を震わせ、スカートの中に手を入れる。ピンクのパンツをするするおろす。

普段が普段であるせいか、**ちょっと楽しい。**

「脱ぎましたわぁ……」

セシリアが、恥じらいながら言った。

その顔は、羞恥と恥辱《ちじょく》で真っ赤に染まり、目には涙も滲《にじ》んでる。

「よし」

オレはうなずきパンツを取った。

やわらかなパンツには、ぬくもりがしっかりと残ってて、オレを奇妙にドキドキさせた。

パンツの主はセシリアだ。しかしパンツに罪はない。

これがパンツである以上、パンツとして平等に扱わないといけない。

変態で鬼畜で鬼悪魔王子になっているらしいオレではあるが、**パンツに払う敬意は残ってる。**

オレは昼に昇った太陽が夕方に沈むのと同じように、自然な動きでパンツを懐に入れた。

「それじゃやれ」

「なにをですの?!」

「オレを客と仮定した時のサービスだよ。一応そういう企画だろ?」

「そういうことでございますのね……」

ノーパンのセシリアは、ほっと胸を撫《な》でおろす。

ノーパンのまま腕を組み、フフンッと偉そうに言った。

「素足で踏んで差しあげますわっ‼」

「は………？」

「高貴なるわたくしの高貴なる足で、下賤《げせん》なるご主人さまを踏んで差しあげる――と申しあげているのですわっ！」

なんという天空目線。

やっぱりコイツはアホリアだ。

思考の回路が、**助走をつけてぶっ飛んでいる**。

「なにゆえですの⁉　なにゆえにそのような、愚者《ぐしゃ》を憐《あわ》れむかのような眼差しを、高貴なるわたくしに向けるのですのっ⁉」

「誰がよろこぶんだよ……それ」

「家柄、美貌《びぼう》、実力と三拍子そろっているわたくしは、異性に言い寄られることも多いのですわよ？」

確かに半分正論だ。

そこらのミドリムシのほうがまだ賢いんじゃないかと思われるアホリアではあるが、見た目と家柄と実力については、そこそこにある。

とは言いつつも、知性と知能が残念すぎる。

上等な料理にセミの抜け殻《がら》をぶちまけるかのごときスパイスとなって、長所のすべてを台無しにしている。

「言い寄る異性ってさ、オマエの脳内にしか存在しないっていうオチじゃないよな？」

「そのようなことはございませんわっ！　わたくしの家柄を目当てとしている、下賤《げせん》なる豚の方々を除いても、この下賤《げせん》なる豚を踏んでくださいと申しでてくる方々は、ひっきりなしですわっ！」

そういう需要か。

それは確かにあるかもしれないが……。

「要するに、オマエは変態（下賤《げせん》なる豚）にしか好かれないってことか？」

「そのようなことは――――っ!!」

脊髄《せきずい》反射で言い返そうとしてきた、アホのセシリア。

しかし言葉は止まってしまった。

イカズチに打たれたかのように固まると、幽霊か宇宙人でも見ているかのように震え始めた。

「確かにわたくしに言い寄る方は、家柄が目当ての下賤《げせん》なる豚か、自らを下賤《げせん》なる豚と名乗る下賤《げせん》なる豚の方々が中心でしたが、それ以外にも………」

「いるのか？」

「それは……」

ノーパンのセシリアは、頭を抱えて考え込んだ。

知力3の頭をフルに動かし、必死になって過去を漁《あさ》った。

そして――。

「おりませんわぁ………」

両手とヒザを地につけて、いわゆる土下座でひしがれた。

「わたくし……下賤《げせん》なる豚以外の方に好かれたことが、今の今までございませんわぁ…………」

ガチ沈みするセシリア。こうなると、**ほんの一ミリ**気の毒だ。

オレはセシリアの前に膝《ひざ》をつき、肩をポンと叩いてやった。

「まっ、まぁ。これからだよ、これから。世界には、**腐ったリンゴの匂いを嗅《か》ぐと創作意欲が湧《わ》いてきたっていう詩人もいるんだ**。頭が残念なオマエのことも好きだって言ってくれるやつがいる可能性だって、けっしてないとは言えないさ」

慰《なぐさ》めなんだろうか、これ。

そんなふうにも思ったが、コイツにかけられる言葉は、これぐらいが限界だった。

「ラクトさま………」

セシリアは、ゆっくり顔をあげた。

「それではこのわたくしを、もらってくださったりはしてくださいますか……？」

「それは無理だ」

即答だった。

セシリアの言葉を脳が認識すると同時に、声が口からスラリとでてた。

「らっ……」

「ら？」

「ラクトさまって本当に、最低のおクズさまですわぁ――――――――っ‼」

セシリアは、脱兎の勢いで店をでた。

パンツを穿《は》いていないのに、街の中へと飛びだした。

脱がさせたのはオレとはいえ、さすがのセシリアであった。

第12話　レミナさんはヘタレ。

「無駄に濃い時間だったなぁ……」

オレはセシリアとの時間を思いだし、ハァっとため息をついた。

「アイツは今も、ノーパンで街を走り回っているのか……」

そう考えると、すこしだけ心配になった。

しかしまぁ、**セシリアだったら大丈夫だろう。**

もしも大丈夫でなかったら、その時やさしくしてやろう。

なんて結論をだしたところで――。

「よっ……よぅ」

レミナがおどおどやってきた。

オレのテンション、ゴゴリとあがった。

レミナの衣装はバニー服。

天然のウサミミに、世界に住まう巨乳スキーに、無限の夢と冒険心を与える幻惑《げんわく》の谷間。

下には黒いタイツのようなニーソックスを履いていて、その太ももがムチッというか、ぷっくりになっていて……。

いけません。

温暖化です。

彼女の姿を見ていると、**ボクの天竺《てんじく》が温暖化してきます**。

「っ……」

オレに見られて自分の姿を意識したのか、レミナは頬《ほほ》を染めてオレの隣へと座った。

つややかな黒髪がふんわりと舞って、なんとも言えない甘い匂いが、オレの鼻孔《びこう》をくすぐった。

レミナが腕を組んでくる。

立派な胸が、オレの腕にムニュッと当たった。

レミナは強調するかのように、ムニュッ、ムニュッと当ててくる。

やっててかなり恥ずかしいのか、恥辱《ちじょく》に歯を食い縛《しば》りつつ、それでも胸を離そうとはしない。

「あっ、あのっ、レミナ？」

レミナはオレに胸を当てつつ、面《おもて》を伏《ふ》せては、唇を尖《とが》らせた。

「アタシってさ。地味…………じゃんよ」

「…………」

「けっこう長いこと冒険者やっちまってるせいで、ガサツっていうか、シャルみてぇな女の子らしさみたいなのはほとんどねぇし、長いこと冒険者やってても、ラナにはまったく敵わねぇし、ラクトのことを好きになった理由も、めっちゃ浅いし……」

シャルルやライナを愛称《あいしょう》で呼んで、自虐《じぎゃく》的につぶやくレミナ。

そんなレミナを見て、オレは思った。

どうしよう。**否定してやれない。**

最近になって変態紳士の自覚がでてきたオレとしては、**ウサミミというだけで充分だ。**

だがしかし、それで納得してくれる人は少ない気がする。

ウサミミを除いても充分に好きだしかわいいが、地味か空気かで言えば、**かなり空気になってしまう気がする。**

「だからアタシは、エロキャラで行くって決めたんだよ！」

なんという的確で冷静な迷走なんだ！

「だけどそんなに悲壮《ひそう》な決意で固められると、さすがのオレでも素直によろこんでいいのかどうか、わからなくなるんだが……」

オレはつぶやいた。だけどレミナは聞いちゃいねぇ。

「アタシはエロキャラ。エロキャラじゃんね。だからこのスティックパンなんて……」

鉛筆ぐらいの太さをしているスティックパンを摘《つ》まんでは、ヤバイ目をしてつぶやいている。

それはもう、借金取りを殺害する決意を固めようとしている少年のようであった。

胸の谷間にスティックパンを挟《はさ》もうとしては、ぎこちなく固まって――。

「クウッ、ウウッ……」

苦悶《くもん》の声を漏《も》らしつつ、ギリ……と歯軋《はぎし》りをする。

まるでナイフでも突き立てるような顔で、鉛筆サイズのスティックパンを見つめてる。

「そんな無理して胸に挟《はさ》まれたパンを食べるぐらいなら、オレは普通に顔をうずめたいんだが」

「なに言ってるんだよぉ!!」

レミナはバッと胸を押さえた。

「すまん。気にしないでくれ。**今のはちょっと、心の声が漏《も》れてしまっただけだ**」

「なおさらタチ悪いじゃんねっ!!」

もっともである。

「けどエロキャラって言うんなら、そのくらいで動揺《どうよう》しまくってたらダメじゃないか?」

「だけど最初は誰だって、未熟なとこからスタートじゃんよ!」

レミナは無駄に前向きだった。

「そんじゃあ、ホラ」

オレはテーブルの上に落ちていたパンを拾って、レミナの口に咥《くわ》えさせた。

ポッキーゲームの要領で、逆サイドからかじる。

逃げられないよう、レミナの頭を押さえつつ、ゆっくりと食べ進む。

「んっ、んっ、んん〜〜〜〜〜〜っ‼」

オレが食べ進むにつれて、炎が灯ったランプのように、レミナの顔は赤く紅く染まっていった。

オレの唇が触れそうになると、瞳《ひとみ》を閉じてキスを待つ。

長いまつ毛が、ぷるぷると震えてた。

やっぱり普通にかわいいな。

オレはたっぷり観賞したのち、スティックパンを食い千切った。わずかに残ったスティックパンを、レミナの口に押し込む。

「とまぁ今ぐらいのことは、レベル1でもできるようにならないとな」

「レベル1でそれなのか⁈」

「唇つけているわけじゃないしなぁ」

「クゥ――――！」

レミナは怯《ひる》む。頭のウサミミも身を守るかのように、くんにゃりと垂れた。

オレはゆったりと待った。

してくれるならうれしいが、無理なら無理で構わない。

エッチな女の子とか大好きだけど、無理されてしまうのはキツイ。

「らくふぉぉ……」

レミナがスティックパンを咥《くわ》えて、オレのほうを向いてきた。

オレもパクリとパンを咥《くわ》えた。

もぐ……。もぐ……。もぐ……。

レミナはカタツムリのスピードで、スティックパンを食べ進んだ。

距離が一ミリ近づくたびに、レミナの瞳《ひとみ》がじわりとうるんだ。頬《ほほ》も赤みを増してきた。

正直言ってグッときた。

「っ…………」

呼吸を止めているのだろうか。

ぷるぷる震えるレミナの顔が、破裂しそうな風船みたいに、ぷっくりとふくらむ。

それでもレミナは食べ進む。オレとの距離を近づけてくる。

そして『ついに』と言うべきか、鼻先と鼻先がぶつかりそうな距離にまできた。

息を止めているレミナは、ドーベルマンに求愛されたチワワのように震えて——。

「きゅう…………」

鼻血をふき出し倒れてしまった。

第13話　ミーアちゃんはえっちです。

レミナとの時間が終わった。

オレはいまだぐるぐる目を回しているレミナをお姫さま抱っこしてやると、ライナやリアが待機しているソファー席に寝かせた。

「悪いけど頼むな」

「あっ、ああっ」

（こくっ。）

ふたりに任せて踵《きびす》を返し、ソファー席に座る。コーヒーをすする。

（あとはシャルルとミーアのふたりか……）

オレは期待して待った。

オレはいろいろ用意した。

メイド服なエプロンドレスに、セーラー服やバニー服。ナース服やスクール水着に、単純なビキニ服。チアリーダーやブルマに、スチュワーデスさんも用意した。

オレとしてはどれでもいい。どれがきても当たりと言える。

シャルルに着てほしいのはメイド服だが、それ以外がダメということもない。

当たりと大当たりしかない宝クジのようなものだ。

楽しみである。

オレはコーヒーをすって待った。

「お待たせぇ〜♡　ラックトさんっ♪」

ミーアの明るい声が響いた。

オレはチラリと視線をあげて——。

「ブホォッ‼」

コーヒー吹いた。

ミーアの姿は裸エプロン。

オレが用意したメイド服の、エプロン部分だけ着てきやがった。

「大丈夫っ⁈　ラクトさんっ！」

ミーアは慌ててオレに駆《か》け寄り、オレの手についたコーヒーを舐めた。

小さな舌で、チロリ、ペロリと舐め取ると——。

「顔にもついちゃってるねぇ……♥」

ほっぺもチロリと舐めてきた。

さらには——。

「ハァーン♥　もうっ♥　口の中までコーヒーさんの匂いでいっぱいじゃなーい♥♥♥」

キスをしてきた。舌もくちゅっと入れてきた。

ミーアの舌はとろけるようにまろやかで、舌の上に残るコーヒーの香りと絶妙に混ざり合った。

「んっ……♥」

ミーアが舌をだしたまま、オレから唇を離す。

舌の先には、色気の漂《ただよ》う唾液《だえき》の糸が、ツゥ――っとかかってた。

「口の中のコーヒーは、舐め取らなくてもいいんじゃないのか……？」

「そーかもだけどぉ、キスしたかったんだもぉん♡」

ミーアはチュ〜〜〜っ♥と、二回目のキスをしてきた。

唇を押し当てるだけのかわいいキスだが時間は長く、シンプルながらも深い愛情が伝わってきた。

「んんっ……♥　もうっ♥　大好きぃ……♥♥」

オレの首筋に顔をうずめて、鎖骨《さこつ》のあたりに頬《ほほ》ずりしてくるミーア。

上気した顔も細められた瞳《ひとみ》も、ほろ酔いしている女の子のようだった。

裸エプロンがゆえに、丸見えになっている尻《しり》や背中も色っぽい。

レミナと離れてダウンしていたオレの下ネタが、再起動である。

「なぁ……、ミーア」

「なぁにぃ？　ラクトさん♡」

「なんでその格好なんだ……？」

「ボクのおっぱいってさぁ、このサイズでしょー？」

ミーアは、まな板のトマトをつまみ食いするかのような気安さで、オレの手を取り、やわらかな胸へ誘《いざな》った。

小さな子猫のおなかのようにやわらかな胸が、むにゅっ、むにゅっと形を変える。

「感度とかぁ、形とかには、まぁまぁ自信があるけどさぁ。ラクトさんは巨乳好きだし？」

ミーアはなんか、『ゆでたまごにはお塩だし？』みたいなトーンで言った。

（ライナがいるので）オレは巨乳好きを公言はしていない。

それなのに、周知の事実になっていた。

「だからトクベツなことやらないと、ラクトさんに楽しんでもらえないと思って！」

ミーアはグッと拳《こぶし》を握り、ウンッと気合いを込めた。

裸エプロンの是非はともかく、一生懸命な姿はかわいい。

オレはポンッと頭を撫《な》でた。

「えへへぇー♡」

ミーアは八重歯の見える愛らしい笑みを浮かべた。

「それじゃあさっそくサービスするねっ♪」

ミーアはタトンとソファーから降りると、軽やかな動きで踵《きびす》を返した。

フリルのついたエプロンがふんわりと舞って、裸エプロンの下が際どく見えそうになった。

ミーアはカウンターの奥へと向かい、いくつかの食材と水の入った手持ち鍋をカウンター席へと置いた。

「なにをしてくれるんだ？」

「ごはんだよぉ♪　エプロンつけたら、作るべきはごはんでしょぉ？」

ミーアはおたまを口につけ、にこぉ……♡　と笑った。

「ふんふーん♪　ご・は・んっ♪　パンにトマトにレタスにマヨマヨネェーズー」

軽やかに歌いつつ、ナイフで食材を切るミーア。トントントンッとリズミカルな音が鳴るたび、腰のあたりでリボン結びになっている紐《ひも》と、小さくってかわいいお尻《しり》がふりふりとゆれた。

あざとい。実にあざとい。

だがそこがいい。世界を敵に回しても、オレは彼女の味方です。

えっちな女の子とか、夢に見るほど大好きです。

しかしそんなミーアなら、**こっちも相応《ふさわ》の対応をする必要があるだろう**。

オレは背後に忍び寄り、エプロンの隙間から見える横乳を眺めた。

すばらしい。これぞまさしく、裸エプロンの醍醐味《だいごみ》。

オレはするっと手を伸ばし、ミーアの体を後ろから抱いた。

「やんっ！」

ミーアがかわいい悲鳴をあげた。

オレはミーアのエプロンに手を差し入れて、生の胸を直接に揉《も》んだ。

「あんっ♡　やんっ♡　あぁ～～んっ♡　だめぇ♡　ラクトさぁん♡　今のボク、お料理のとちゅうぅ～～～～～～～～～んっ♡」

言葉では抵抗をするものの、声音や態度では甘えまくりのミーア。こんなにかわいく啼《な》かれると、もっと啼《な》かせてみたくなる。ミーアの乳首を人差し指の腹で撫《な》で、かわいい乳首をキュッと摘《つ》まんだ。

「きゃんっ！」

そのまま乳首をこねくり回し、耳をかぷっと甘く噛む。

「あぁ～～～んっ♡　やんっ♡　あんっ♡　やあぁ～～～～～～んっ♡　えっちぃよぉ、ラクトさぁん。手つき、指先、えっちぃよおぉぉ～～～～～～～～♡♡♡」

ミーアはくねくね身をよじる。かわいいお尻《しり》が、オレの股間《こかん》にぐにぐにに当たる。オレに握られている胸も、むにゅりむにゅりと形を変えた。

たまらないなぁ、このやわらかさ。

オレはミーアを楽しみながら、手料理を作らせた。

◆◆◆

「完成したな」

「うんっ♡」

ミーアの手料理が完成した。食材を切ってパンに挟《はさ》んだ、シンプルなサンドイッチだ。

「それじゃあラクトさんっ♪　持っていくから、テーブルで待ってて♪」

「ああ、わかった」

オレはテーブルのほうへ向かった。ミーアがお皿にサンドイッチを盛りつけて、おぼんに載せてやってくる。

「はいっ♡」

盛りつけは、なかなかに絶妙だ。カネを取るプロの盛りつけとしては、今ひとつ甘い。しかし微妙な素人っぽさが、手作り感を出している。

味のほうはどうだろう。オレはひとつを摘《つ》まんで食べた。

ふんわりとしたパンの風味に、マヨネーズが混ざったタマゴの味わいが口中に広がる。

ピリッと辛いマスタードや、爽《さわ》やかなレタスがほどよいアクセントである。

「どっ、どう。おいしい？」

ミーアはまるで、まずい料理をだされたら、『私も舐められたものだな！』とブチ切れる美

食家に尋ねるかのように聞いてきた。

「大丈夫。おいしいよ」

オレはミーアが安心できるような笑みを浮かべた。

するとミーアは、決死な顔で言ってきた。

「ボクのこと、七番目のおよめさんにしてもいいって思ったりする?!」

「望む位置《そこ》は七番目なのかっ?!」

「およめさんなら八番目とか九番目でも構わないけど、愛人さんやお妾《めかけ》さんはちょっとイヤ……かなぁ」

「違いがよくわからないんだが……」

「リーダーや、ライナさんにも認知してもらえて、ラクトさんといっしょに暮らしてもおっけーなのがおよめさんでぇ、家にも入れてもらえないのが、愛人さんやお妾《めかけ》さん?」

それは確かに大きな違いだ。

「まぁ……オレとしては別に構わないかな」

この国は、重婚もオーケィみたいだしな。

「ホントぉ?!」

「ミーアがそれでいいんならな」

「わぁーいっ♡」

ミーアがギュッと抱きついてきた。

「ハァーンッ♡　もうっ♡　うれしいよぉ～♡　ラクトさぁん♡♡♡」

甘い声をだしてくるミーア。

オレが自分の居場所《ここ》だと言わんばかりに、オレのほっぺに頬《ほほ》ずりしながら、やわらかな胸や体を、すりすりべたべたこすらせてきた。

「大好きぃ～♡　大好き大好き大好きぃ～～～♡　ラクトさん、だーいーすーきぃー♡♡♡」

ああっ、もうっ、かわいいなぁ！

オレはミーアを抱き返し、過激な勢いでイチャイチャした。

第14話　シャルル耳掃除編。※セッ〇スではありません。

「それじゃあねっ、ラクトさんっ♡」

ソファー席から降りたミーアが、オレにチュッと投げキッスをして離れた。

ライナたちが待機しているところへと向かう。

「キキッ、キミには恥じらいというものがないのかっ」

「そそそっ、そうじゃんよ！　いきなりキスして、あんな……あんな……」

ライナの言葉にレミナが同調。ふたりそろって真っ赤に火照《ほて》る。

それはミーアを叱責《しっせき》しているというよりも、恥ずかしさに居たたまれなくなって、なにかを言わなければ、パンクしてしまうがゆえの発言に思えた。

「だけど相手は、ラクトさんだしさぁ。ほかの人にやったりするならゼッタイにイヤだけど、ラクトさんが相手なら、どんなことでも気持ちいいもんっ」

「それは確かに……」

「ないとは言えないじゃんね……」

普通に納得するふたり。

しかしオレはちょっと思った。

それって企画の全否定じゃね？

しかも困ってしまうことに、その全否定を肯定してしまっているオレがいる。

ミーアの裸エプロンも、ライナのミニスカートも、独占していたいオレがいる。

どうしたものかな……。

などと考えていたら――。

（………。）

「リア？」

（こくっ。）

なぜかリアがやってきた。

透明感のある目でオレを見つめて、袖《そで》をクイクイ引いてくる。

（シャルさんがくるまで、すこし………時間ある。）

「そうだな」

オレが肯定してやると、リアはオレの隣に座った。オレの瞳《ひとみ》を、（じぃ………。）と見てくる。

（だから………。キスキス………。したい………です。）

「はあっ?!」

（………したい。）

リアの瞳《ひとみ》はほんのりと色っぽく、ほっぺもぽうっと染まってた。

コレは…………アレか。

裸エプロンでオレとイチャつくミーアを見てたら、そういうことをしたくなった的な……。

（…………ダメ？）

リアは首を横にかしげた。アホ毛な触覚がふんわりとゆれた。

（キスそのものはダメじゃないけど、リアはキス、初めてだろ？）

（…………。）

（だったら、こんな隙間の時間を狙うんじゃなくって、もっとゆっくりできるところか、記念になるような場所でしたほうが……）

ふるふるふる。リアは小首を左右に振った。

（初めて…………ちがう。）

（えっ？）

（わたしが、おかあさんから出たときに、ラクトは…………何回もした。）

（アレは、リアが息してなかったからやった人工呼吸で、キスにカウントするのは違うと思うんだが）

（だけど…………ぽかぽかとした。）

リアは、初恋の思い出を語るかのようだ。

（からだ、いっぱい、ぽかぽかとした。胸の奥、あったかくなった。だから、わたしは……。)


リアはオレの返事を待たず、唇にキスをしてきた。

キスの仕方がわからないせいか、唇はすぐに離れた。

しかし伝わってきた愛情は、千年のキスにも匹敵していた。

キスをしてきたリアが、オレの耳元でささやく。

(大好き……です。)

それは砂糖を入れたホットミルクのように、甘くも熱いささやきであった。

堪らなくなったオレは、リアの肩をやさしく掴《つか》んで、キスのお返しをした。

それはリアがしたような、唇を重ね合わせるだけのキス。

しかし気持ちのお返しとしては、充分すぎるほどに伝わったはずだ。

そしてリアとイチャついていたら、浮かんだ問題もなんとかなるような気がした。

◆◆◆

「ラクトさま……」

イレギュラーなキスの時間を挟《はさ》んでから数分。シャルルがやってきた。

格好は、オーソドックスなメイド服。

黒いドレスに白いエプロン。白いカチューシャ。そして白いニーソックスに、処女雪のようにまっさらな太もも。

そしておっぱい。乳袋。黒いメイド服に包まれて強調された、えっちなサイズのえっちカップのおっぱいが、これ以上ないほどに強調されている。

「あまりジロジロ見られると、恥ずかしいのでありますが……」

シャルルがギュッと胸を押さえた。

しかしオレが作った服の構造はエロく、腕の隙間から胸がムニュッと溢《あふ》れでる。

どうしよう、おっぱいだ。

やるせないほどおっぱいだ。

オレはゴクリとツバを飲む。最高の料理に舌鼓《したつづみ》を打ちながら、ワイングラスを手に取る貴族のような感覚で、シャルルのスカートに手を伸ばす。

「はうんっ‼」

しかしシャルルはオレがめくるよりも早く、真っ赤になってスカートを押さえた。

「なにをするでありますかっ⁈」

「ああっ、ごめん」

オレは普通に手を離す。

「シャルルがかわいかったから、穿《は》いているパンツも見たくなって」

「正直すぎであります……」

「あはは」

「しかし錬金術師《れんきんじゅつし》であるラクトさまのおよ…………助手さまを目指すなら、下着の一枚や二枚は…………」

錬金術《れんきんじゅつ》とは関係なくないっ?!

なんて思ったりはしたが、オレは気にしないことにした。

今の状況において大切なのは、シャルルのパンツが見えるかどうかだ。

「あとシャルル。今のオレは『ラクトさま』ではなく『ご主人さま』だ」

「はっ……はい」

シャルルはこくりとうなずいた。

「それでは……ご主人さま。シャルルのシャルルの、パ…………を、ご覧ください…………」

シャルルはオレから顔をそむけて、黒いスカートをたくしあげた。

現れたのは純白のパンツ。そして太もも。

それは漆黒《しっこく》の夜空に浮かぶ三日月のように美しく、同時に儚《はかな》く可憐《かれん》であった。

「はううう…………」

しかしパンツの白さとは対照的に、シャルルの顔は、気の毒なほど赤かった。

オレはその両方をねぶるように観察し、双眸《そうぼう》へ焼きつけた。

「もう……、よろしいでありますか……?」

「あっ、うん。いいよ」

シャルルはスカートを降ろし、ぐすんと鼻をすすった。

「ご主人さまは、時折りおスケベであります……」

「嫌いか？」

「いじわるでもあります……」

シャルルは小さな体をさらに縮めて、絞りだすかのように言った。

それがあまりにかわいくて、オレはへらりと笑って言った。

「シャルルもけっこうドスケベだしな」

「イジワルでありますぅ！」

シャルルはシャルルにしては珍しく、真っ赤な顔で叫んだ。

「まっ、座れよ」

「はい……」

それでもシャルルはシャルルだからか、大人しく座った。

ソファーに座って眺めるおっぱいはよかったが、至近距離から見下ろすおっぱいも格別である。オレはシャルルの肩に腕を回して、オレのほうに引き寄せた。

「はうぅ……」

シャルルは恥ずかしそうにもじもじとしているが、それがまたオレをゾクゾクとさせる。

貧乏な家の子を借金のカタにさらってきた悪徳業者のような気分だ。

顔も酷《ひど》いゲス顔になってしまっているような気がする。

しかしゲスになるのなら、しっかりゲスになるでゲス。**中途半端はしないでゲス。**

オレはシャルルのおっぱいを、下から持ちあげたぷたぷとゆらした。

天然の重量感と重力が、確かなる弾力を手のひらいっぱいに伝えた。

薄い布地を通して感じられる触感《しょっかん》は、言うまでもなくノーブラだ。

この世界にはブラジャーが存在していないからである。

そしてぐにゅぐにゅ揉《も》んでいたオレは、違和感に気づいた。

「なんか…………また大きくなってないか？」

「そっそっ、それは……」

「それは？」

「すこしだけであります…………」

「そうか、すこしか」

「すこしであります………」

言わされるのが恥ずかしいのか、シャルルはオレから逃げるように身をよじった。

ヤバイ。本当にゾクゾクとする。

もしかしたらオレ、**けっこうドエスなのかもしれない。**

泣きそうなシャルルに悪いとは思いつつ、溢《あふ》れる欲望（気持ち）を抑え切れない。

「はうっ?!」

シャルルの体を引き倒し、ソファーの上で仰向けにさせてしまう。

「はうぅっ、うっ、うっ、ご主人………さま？」

怯えるシャルルに覆《おお》い被さり、シャルルの右おっぱいにほっぺたを当てた。そのまま顔をこすらせる。たぷたぷゆれる触感《しょっかん》を、ほっぺたで楽しむ。

すると視界に広がるは、巨峰《きょほう》がごとき左のおっぱい。

オレはそのおっぱいを、右手でぐにゅぐにゅと揉《も》んだ。

そそり立つ巨峰《きょほう》がやわらかなひょうたんのように、オレの指で形を変える。

「はぅわぁ、はぅっ、はぅわぁ～～～～ん」

シャルルは哀れな声をだし、オレの下で身をよじる。

やめてほしいと懇願《こんがん》しているかのごとき、切ない響きの声ではあった。

だがオレは、やめることができなかった。

シャルルの乳首を人差し指の腹で撫《な》で、キュッと摘《つ》まんだ。

「はぅんっ！」

シャルルが喘ぎ声をだし、背筋をビクッと仰《の》け反《ぞ》らす。

しかし喘ぎが恥ずかしいのか、すぐに歯を食い縛《しば》った。

昇りあがる快楽に、必死な顔で耐えていた。

もうダメだ。ガマンできん。

オレはゆっくり身を起こし、シャルルのスカートをまくった。白いパンツに手をかける。

「ラクトさまっ?!」

素に戻ったシャルルが戸惑《とまど》いの声をあげた。

オレはシャルルに答える代わりに、ズボンの中からもにょもにょを出した。

シャルルの耳に唇を寄せ、小さな声でささやく。

(大丈夫。ここは店の端っこで、テーブルやソファーの背中もある。カウンターからも死角だ。

…………………だからシャルルが静かにしてれば、ほかの人にバレるってことはない)

(いじわるでありますぅ、ラクトさまっ、ラクトさまっ、おいじわるでありますぅ)

シャルルの声は半泣きだった。目尻には、澄《す》んだ涙も浮かんでた。

それだからオレは、念のために問いかけた。

(本気でイヤならそう言えよ?　そしたらすぐにやめるから)

欲望まみれのオレではあるが、順番的には好意が先だ。

好きだから、イロイロしたいと思うのだ。好きでなければここまではしない。

(ラクトさまは……、ほんとうに……おいじわるなのであります………)

シャルルはオレから顔をそむけて、くすん、くすんと鼻をすすった。

（シャルルがラクトさまからなされる行為で、イヤなことなど、あるはずがないのであります……）

「そうか」

ならいいな。ここでやっても。

（それでも恥ずかしいのであります ぅ…………！）

しかし嫌でないのなら、恥ずかしくってもそれは『プレイ』だ。

オレはズズ…………と入れていく。

「ひはうッ！」

シャルルは裏返った悲鳴を漏《も》らし、けれどすぐさま歯を食い縛《しば》る。

ギュッと拳《こぶし》を握っては、体をぴくぴく痙攣《けいれん》させる。

オレはシャルルの中を突く。

（ハうッ、ハうッ、ンッ、ンッ、んぅ…………っ！　こすれているでありますぅ……。中で、中でこすれているでありますぅ…………っ！）

喘ぎ声を漏《も》らすシャルルではあるが、それでもすぐに歯を食い縛《しば》る。

胸の奥から湧《わ》きあがる、卑猥《ひわい》な心を羞恥心《しゅうちしん》で噛み殺す。

けれどじんわり浮かんでいる汗や、汗が放つ甘い香りは、どう嗅《か》ごうともメスのそれでしかなかった。

オレはシャルルに覆《おお》い被さる。豊かな胸をオレの胸板でグニュッ……と潰し、耳元でささやく。

(本当に……シャルルはえっちなオンナノコだね)

(はうぅ～～～～～)

シャルルはブンブン首を振り、必死になって否定した。自分が淫乱であることを、必死になって否定した。

(こんなにしといてなに言ってんのさ)

オレはシャルルに差し入れたソレを、ずちゅり、ぐちゅりと動かした。

時には胸を揉《も》みしだきながら、シャルルの性感帯を刺激していく。

(ひいッ、ハッ、ハウゥ～～～～～～～！　ダメでありますっ、ダメでありますぅ！　そんなにされてしまっては、シャルルはシャルルは声をガマンすることがぁ～～～～～～)

(それは大変だねぇ)

オレは脱がした白いパンツを、シャルルの口に押し込んだ。

(これでもう、声をだしても大丈夫だよ？)

そう言って、オレはシャルルに差していたソレを、さらに深くねじ込んだ。激しく前後させていく。

(ンうッ、ンうッ、ンうぅ～～～～～～～！)

（それじゃあシャルル。だすぞっ！）

（ン～～～～～～～～～～～～～～～～～～～～ッ‼）

オレはたっぷりとだした。

（ハうッ、ハうッ、ハうッ…………！）

シャルルは激しく身をよじり、背筋を弓なりに反らした。

ビクンッ！　ビクンッ！　と痙攣《けいれん》し、ぷるぷると小刻みに震えた。

そして四肢をだらりと投げだす。澄《す》んだ瞳《ひとみ》からは虹彩《こうさい》が消えて、ピンク色のかわいい髪は、汗で滲《にじ》んだひたいに張りついていた。

第15話　ライナ凌辱《りようじよく》編。

「ふぅ……」

行為が終わった。オレはシャルルの秘部からソレを引き抜き、口に押し込んでいたパンツを取りだした。

「ハううッ、ハうッ、はうぅ…………」

四肢を投げ出し、ピクピクと呻《うめ》くシャルル。うつろな瞳《ひとみ》でヨダレを垂らす。

しかしオレにかき乱された部位は、もっとほしいと言わんばかりにヒクヒクと動いていた。

「シャルルは、本当にえっちだね」

オレはシャルルの秘部に指を入れては、クチュクチュといじった。

「はうっ、あっ、はんっ」

シャルルは言い訳のできないような喘ぎ声を漏《も》らしたクセに、いやいやと身をよじっては言った。

「言わないでほしいで、ありますぅ……」

「そうか」

オレはシャルルの哀願をあっさりと流し、先ほど入れた固いそれを、先ほど入れた穴とは違う穴にあてがった。

「まだするでありますか……？」

「当然だろ？　片方だけで終わらせるなんて、不完全燃焼だ」

「しかしシャルルはそちらのほうは、先にしたところよりも、敏感に感じてしまうシャルルなのでありまして……」

「声がガマンできない――ってことか？」

「…………はい」

肯定するのも恥ずかしいのか、シャルルは粉雪のような儚《はかな》さでうなずく。

「それじゃあ今度は最初から――」

「はうっ――！」

オレは再びシャルルの口に、白いパンツを押し込んだ。

そしてシャルルに、棒をズブリとねじ込んだ。

「ンぅ～～～～～～～～～～～～♥♥♥」

シャルルは背筋を仰《の》け反《ぞ》らし、歓喜の顔で瞳《ひとみ》を閉じた。

まったく、本当にえっちな女の子だ。

オレはシャルルに差し入れたソレを深く捻《ね》じ込み、奥まで突いた。

ずちゅんっ、ずちゅんっ、ずちゅんっ。

シャルルの中を掘削《くっさく》していくような感覚で、シャルルを突いては淫《みだ》していった。

「ンうッ、ンうッ、ンうぅ〜〜〜〜〜〜〜〜〜〜〜〜〜〜」

オレに奥を突かれるたびに、シャルルは敏感に喘いだ。

それはもう、音に反応して動くオモチャのようですらあった。

音《オレ》がなければ意味のない、音《オレ》を受け入れるだけのオモチャ。

それだからオレは、行為の途中で何度もシャルルを抱きしめた。

強く抱きしめるたびに、シャルルのことが愛おしくなった。

二回目のフィニッシュがきた。

オレは溜まっていたソレを、たっぷりとだす。

「ン――――〜〜〜〜〜〜〜〜〜〜〜〜〜〜〜〜〜〜〜！」

シャルルは一本の棒に突き刺されたかのように背筋を伸ばし、本日何度目になるかわからない絶頂を迎えた。

これで今回の企画は、全員分が終了だ。

◆　◆　◆

「というわけで、結果発表になるわけだが……」

オレはみんなを集めて言った。

オレとの行為の余韻《よいん》で、立つことができないシャルルは、ソファーの上に座っているが、それ以外の全員は、オレも含めて立っている。

しかしみんなの顔つきに、緊張感はない。

リアはオレにべったりとくっついているし、レミナやライナは、目を伏《ふ》せて赤くなってしまっている。

ミーアに至っては、頬《ほほ》に手を当て、「はぁーん……♥」と、照れと発情を足して二で割ったような顔をしている。

オレは膨張《ぼうちょう》石を入れていたコップを見やり、苦笑を浮かべた。

「シャルルさんの圧勝………です」

シャルルの結果は、『測定不能』。

膨張《ぼうちょう》石――オレのドキドキや動揺《どうよう》に応じて膨張《ぼうちょう》する石――を入れていたコップが、普通に割れてしまっていたのだ。

ほかのみんなも、それなりの水分を溢《あふ》れさせてはいたが、コップを割るには至っていない。

「まぁ……、アレほどのことをされてしまってはな………」

「勝てると思うほうが、おかしいじゃんね……」

「まさかボクも、お店の中であんなこと始めるとは思わなかったよぉ♥」

（……………?）←リア

「ちなみにみんな、念のために言っとくけど——」

オレはコホンと咳払いをすると、世にも爽《さわ》やかに言った。

「さっきしたのは耳掃除だからな?」

ハハッと軽やかに笑い、オレは言葉を淡々と続ける。

「オレは仰向けのシャルルに覆《おお》い被さり、上から耳掃除をしていただけだ。シャルルの耳は敏感で傷つきやすいから、ローションでしっかりと濡らして、綿棒《めんぼう》で、溜ま・・・・・・・・・・・・・・・・・・・・・・・・・・っていた垢を、耳の中からたっぷりとだしたっていうだけのお話だよ?」

オレはメチャクチャ爽《さわ》やかに言った。

しかしながら爽《さわ》やかすぎて、逆にウソっぽくなった。

実際、ライナは訝《いぶか》しそうな顔で言った。

「それならば、なにゆえ下着を脱がしたのだっ?!」

「それはそういうプレイだからさ」

「言っている意味がわからんっ!」

「例えばライナは、ここでパンツを脱ぐことができる?」

「できるはずなかろうっ!」

ライナは真っ赤になって叫んだ。

しかしライナが叫ぶと同時、ストン———と。

ライナのかわいいパンツが落ちた。

白い布地に、かわいいクマさんとピンクのリボンがくっついているパンツであった。

「ふわぁぁぁぁぁぁぁぁぁぁぁぁぁぁぁぁんっ‼」

ライナがかわいい悲鳴をあげて、その場にぺたんと座り込む。

（……リア？）

（こくっ。）

オレがリアを見つめると、リアはテレパシーで言ってきた。

（こうしたほうが、説得しやすいと思った。）

その通りではあるな。

オレはライナに歩み寄り、ローションが入っている小瓶《こびん》に綿棒《めんぼう》を入れた。

「いいいっ、いったいなにをするつもりなのだっ⁉」

オレはニコッと爽《さわ》やかに笑った。

しっとり濡れた綿棒《めんぼう》を、ライナの耳にクチュッと入れる。

「はぐぅ…………っ！」

ライナはまるで、18禁な場所に18禁なものをねじ込まれたかのような表情を見せた。

オレはライナを押し倒す。ライナに覆《おお》い被さって、耳の奥をクチュクチュいじる。

「はぐぁっ、ふあっ、ふあっ、ふぁぁぁぁんっ！　あんっ、ふわっ、ふわあぁぁぁんっ！」

いやらしい声で喘ぐライナ。

純粋な人間よりも聴覚が発達している獣人の子たちは、**耳に集まっている神経細胞も多い。**

つまり敏感になりがちだ。

そこにノーパンという羞恥の要素が加わることで、ただの耳掃除にはない感覚が、全身に響き渡るのである。

「よしっ……！」

掃除が終わった。

オレはライナの耳の中から、取れた垢《あか》をだしてやる。

「ふぁあっ、はあっ、はぐっ、うっ……♥　ふわっ、ああっ…………♥」

ライナは電流でも流されたかのように、体を震わせ、「はぐっ、はぐっ」と痙攣《けいれん》していた。

口からほんのり垂れているヨダレが、やたらとエロい。
※したのは耳掃除です。
という注意書き《テロップ》を入れておかなければ、アウトになってしまう光景だ。

けれどしたのは耳掃除。**なんの問題もない。**

オレは耳元でささやく。

（したのは耳掃除だったろ？）

こくこくこくっ！

首を振ったら、左の耳もされてしまうと思ったのか、ライナは必死にうなずいた。

それがあまりにかわいくて、オレはライナの耳に、フゥーっと息を吹きかけた。

「はぐわぁんっ！」

無事にライナの説得を終えたオレは、**ライナの左耳に綿棒《めんぼう》をあてがった。**

「なっなっなっ、なにを、なにを、なにを………?!」

「したのは耳の掃除なんだから、片方だけじゃ不完全燃焼だろ？」

ずちゅん。

オレは綿棒《めんぼう》をライナの中に入れた。

「ふわぁぁぁぁぁぁぁぁぁぁぁぁんっ！」

ライナはかわいい悲鳴をあげたが、オレは容赦《ようしゃ》なく攻めまくった。

「確かに耳のおそーじもえっちなアレも、ラクトさんがやるとあんまり変わってないけどさぁ」

「だからって、さっきしたのも耳の掃除だとは……」

ミーアとレミナが妙に鋭いことを言っている気もしたが、ライナにしているのは耳掃除です。

だからシャルルにやったのも、耳の掃除に違いないのです。

第16話　シャルルの気持ち。

ライナさまを物理的に説得なされたラクトさまが、立てなくなってしまったライナさまを抱きあげて、ソファーの席へと寝かせました。

おずるいです。ご卑怯《ひきょう》です。

お強くてご有能で、なのにかわいくもあるライナさまは、おずるくってご卑怯《ひきょう》です。

ないでありあります。勝っているところ。

ないであります。ラクトさまのお役に立てるところ。

シャルルに行《おこな》えることは、すべてライナさまにも行《おこな》えるのに、ライナさまに行《おこな》えないことでシャルルに行《おこな》えることは、たったのひとつもないであります。

シャルルは命の恩人も同然であるラクトさまに、特になにもできないのであります。

「シャルル」

「はっ、はいっ！」

「そういうわけでカチだけど、具体的になにしてほしい？」

頭が白くなったであります。

ラクトさまは、いったいなにをおっしゃっているのでありますか？

カチとはいったい、なんなのでありますか？

思っていたら、ミーアが耳打ちしてくれました。

(さっきの勝負。リーダーの勝ち。だから一日独占権)

「はうっ⁈」

(だからリーダーの勝ちなんだって)

言われて再び、真っ白になったであります。恐れ多くなったであります。

先のシャルルは、別になにもしていないであります。

ラクトさまがお選びになられた服を着て、ラクトさまがお望みになられた、パ……ン……………ではなく、その…………下着を見せて、あとは愛していただいただけであります。

少々……どころではなく、恥ずかしくはありました。それでもうれしくはありました。ですけどシャルルが行《おこな》ったのは、たったそれだけであります。

それで、『勝ち』などと言ってよいかと、思うわけであります。

「シャルル？」

「はうっ！」

声をかけられドキッとしました。心臓が騒ぎ、口の中が乾いてきました。

体の中が熱いであります。

ラクトさまを見れません。

うつむき、ラクトさまから目を逸《そ》らし、胸の前で指を絡ませ、それを見つめて、かろうじて気を取り直そうとは思うのですが、煮えたぎるような熱が、胸の奥をぐるぐるぐるぐる回ってしまっているであります。

それでもなにか、言うべきであります。

ラクトさまをお待たせしてはいけないであります。

「はうぅ、うぅ、ええっと、その……。シャルルはシャルルは先ほどの、『ぷれい』でラクトさまに愛されて満足してしまったと言いますか、幸せになってしまったシャルルであります。ですので特になにか……ということはないのではありますが……それでもあえて述べさせていただくのなら…………」

ゴクリとツバを飲み込んで、思い切って言いました。

「今後とも、おそばに置いてほしいのであります…………っ！」

気持ちを言葉にしてみたせいでしょうか。高ぶっていた心臓が、ほんのすこしだけ落ち着きました。

それでもドキドキしております。

飛竜の上から飛び降りてみたら、こんな気分かもしれません。

恐ろしいと思うと同時に、若干《じやっかん》の陶酔《とうすい》を伴《ともな》う浮遊感《ふゆうかん》であります。

「ならこっちこいよ」

「はっ、はいっ！」

ラクトさまはチョイチョイと、指で呼んでくださいました。

シャルルは急いで立ちあがり、ラクトさまのところへと向かいます。

うれしいであります。うれしいであります。

抱きつきたいほどうれしいであります。

飛びつきたいほどうれしいであります。

もう一生を捧《ささ》げても構わないほどの喜びが、シャルルの中では渦巻いているであります。

尻尾《しっぽ》がパタパタゆれてしまっていることが、自分でもわかったであります。

それは少々はしたなく、恥ずかしくもありますが、うれしいのだから仕方ないのであります。

「呼ばれたことがそんなにうれしいのか……？」

「はいっ！」

素直な気持ちが声にでました。

それがまたうれしくて、シャルルは言ってしまいます。

「今のシャルルの心のうちは、ご主人さまに飛びついていく子犬でありますっっ!!」

「そうか……」

ラクトさまはほんの少々照れ臭そうにおっしゃると、シャルルの頭をやさしく撫《な》でてくれたであります。

ラクトさまが『しろ』とおっしゃるのであれば、シャルルはそれをするシャルルでもあります。

「イヤかどうかで申しあげるのであれば、イヤ……ではありますが………」

「シャルルだってイヤだろ？　オレ以外の誰かに尽くすの」

「はぅ？」

「それじゃあ行くか」

「仮にシャルルがよくっても、オレがイヤなんだって。軽く客を呼んだりするぐらいなら構わないけど、本格的な接客は嫌だ」

「ラクトさま。お気持ちはうれしいのでありますが……」

それは今回の企画の、全否定になられるのでは……。

シャルルが思うと、ラクトさまはおっしゃいました。

「だから知り合いのところに行って、人を借りることにする」

ラクトさまはそうおっしゃると、シャルルの手を引きお店のトビラをお開きになりました。

「それじゃあちょっと行ってくる」

ラクトさまは、お店のみなさまにもあいさつをすると――。

「はうっっ?!」

シャルルの体を抱きあげたであります！

「しっかりと掴《つか》まってろよ！」

抱っこであります！　抱っこであります！

お姫さま抱っこ、お姫さま抱っこでありますぅ～～～～～～～～～～!!

シャルルはシャルルは沸騰《ふっとう》しそうなうれしさの中、ラクトさまにしがみつかせていただきました。

ラクトさまは、軽く地を蹴《け》り飛び跳ねます。

立ち並んでいる家々の、屋根から屋根へ跳び移ります。

一際高い一軒家の屋根へ移ると、高さ一五メールの城壁を越えたであります。

そして視界に広がるは――――。

遮《さえぎ》るものがなにもない、一面の空でありました。

「はうぅぅ…………」

ダメであります。ダメであります。

シャルルはシャルルは本当に、ラクトさまがいないとダメなシャルルでございます。

大好きであります。大好きであります。

ラクトさまを愛する気持ちで、メロメロのとろとろであります……。

第17話　ついにモブにもモテ始める話。

「あっ……あの、ラクトさま………」

「ラクトさまは、お知り合いのところへ向かっていらっしゃるのでありますよね……？」

「そうだけど？」

「なんだ？」

「はうぅ……」

オレがためらわず答えると、シャルルはおばけが怖い女の子のように、オレの腕にしがみつく。丸くてかわいらしい尻尾《しっぽ》も、股のあいだへと隠れる。

「ままっ、万が一の際は、シャルルをシャルルを盾にしてお逃げくださいっ！」

「万が一がきたらな」

オレはシャルルの頭をぽんぽんと叩いた。

オレとシャルルがいるのは、ヴィレット山のふもとの森だ。

ギルドが定めるダンジョンランクではE。

ベテランの冒険者ならひとり。初心者を脱したての冒険者でも、四、五人でパーティを組めば大丈夫……といったところだ。

しかし過去には、ベテランの冒険者たちがパーティを組んで対抗しなければ危ない、Cランク級のモンスターが出たこともあった。

シャルルは軽く殺されかけた。**おもらしもした**。

しかもその時と違い、シャルルは武器を持っていない。

そんなシャルルからすると、今の状態は、サファリパークのライオンエリアを丸腰で歩くのにも等しいのだろう。

オレはシャルルを腕に引っつけたまま、森の奥へと進んでいった。

目的の場所に着く。

ぽっかりとあいた空が見える程度に開けた土地に、小さな小屋が立っている。

そして小屋の隣には、ほら穴のような大きさを持つアリの巣だ。

と――。

「お待ちくだ――」

小屋の中から、槍《やり》を持った衛兵の女の子がでてきた。

頭に赤いハチマキをつけた、ショートポニーの女の子だ。

派手な美少女ではないが、野山に咲いてる白い花のようなかわいさがある。

その子はオレを見るなりなぜか頰《ほほ》を赤く染め、それでもオレに言ってくる。

「わっわっ、わたくしの名前はコキア。ここの監視と管理をしている者のひとりです。

一介《いっかい》の冒険者の方は――」

なんて説明を始めたコキアに、オレはオレのギルドカードを見せた。

「っ⁈」

コキアはビクッと目を見開いて、オレのカードをじっと見つめた。

「女王殺し《クイーンキラー》の勇騎士《シュヴァリエ》さまで、名前は、アマクサ………」

「うん、そう」

「ということは……、あああっ、あなたさまが、ライナさまとたったふたりで、この巣を制圧したという………」

「人間になるね」

「ひぁぁぁぁぁぁぁぁぁっ！」

コキアは、学校に行く途中でスカートを穿《は》き忘れているのに気づいた女の子のように、真っ赤になっては踵《きびす》を返そうとして――。

転んだ。

わたわたと起きあがり、小屋の中へと駆け込む。

『アクア！　アクア！』

『なにさぁ……こきにゃあ』

『ラクトさまがっ！　シュヴァリエのラクトさまが、なぜかお見えになられました‼』

『ええっ?!』

　するとドタドタ音がした。コキアといっしょに、快活そうな女の子がでてくる。コキアと違ってヨロイはつけてない。上はワイシャツのような衣服を羽織っているだけで、下はパンツ一枚だ。

「お待たせして申しわけございませんっ！　わたしの名前はコキアと言って、この子の名前はアクアと言います！」

「見張りはふたりでしておりますが！　交代制で！　アタシは少々休憩中で！　休憩中で‼」

「とりあえず落ち着いて」

「はっ、ひゃっ、ひゃいぃ‼」

　オレが声をかけると、コキアとアクアはピシッと、『気をつけ』をした。

「とりあえず、オレはここに入ってもいいってことでいいんだよな？」

「おっしゃる通りでございますっ‼」

「手続きや書類ってのは必要？」

「シュシュ、シュヴァリエのラクトさまの場合、必須ではございませんが……」

　コキアは、恐る恐るといった仕草で、板に載った書類を出してきた。

　オレのことを上目遣いで見ながら言う。

「こちらの書類に、サインと魔力紋を残していただけますと、わたくしどもは報告書が作りやすくは……」

オレは書類の字面を眺めた。

（空白）は、（空白）時にこの巣へと入りました。

簡単に言えば、そんな意味のことが書かれている。

（空白）のところには、オレの名前と今の時間が入るわけだ。

「うん、わかった」

オレは羽ペンで軽くサインをしてやってから、サインの横に指を押しつけた。

指の先に、意識とマナを集中させる。すると紙はじわっと光り、青い跡がついた。

「「ありがとうございます‼」」

ふたりはペコーッ！　と頭をさげた。

「ところで……ラクトさま」

そしてアクアが、口を開いた。

「なに？」

「てて、手を握ってもいいですか……？」

「べつにいいけど……」

オレは手をだしてやった。

「あ――っ！　あっ、あっ――――‼　ずるい！　ずるい！　アクア、アクアずるい‼」

「コキアだって、やってもらえばいいじゃない！」

いきなりケンカを始めるふたり。

仕方がないのでオレは、順番に握手をしてやった。

「これが……『あの』ラクトさまの………」

「ただ手を握ってるだけなのに、力強いマナが………」

オレの手を握ったふたりは、そろって瞳《ひとみ》をとろかした。

「オレってそんな有名人なの……？」

「「当然ですっ！」」

ふたりは盛大に言ってくる。

「『黒きマナの使い手』にして、『孤高《ここう》の銀狼《ぎんろう》』、『気高き飛竜乗り《ドラグーン》』、『滅殺《めっさつ》の黒竜』などと、高《こう》潔《けっ》な呼び名《ケニング》に事欠かないライナさまの御心を射貫いては、『ただの女』へと落とし！」

「Aクラスの冒険者さま複数の犠牲を前提とする、危険な任務を実質ひとりで制覇《せいは》したラクトさま！」

「「キムレスギルドで知らない人はいませんっ‼」」

マジかい。

オレが納得していると、アクアが顔を赤くしてくる。

「ああああっ、あと……、それと………」

「なに？」

「ギュッてしてもらっても……」

「アクアっ?!」

「いいじゃない！　別にっ！　ラクトさまよっ?!　ラクトさまっ‼」

「たしかに……うぅ…………」

下唇を噛みしめて、葛藤《かっとう》をするコキア。

オレはすこし悩んだが、アクアをギュッと抱きしめてやった。

女の子なせいか、胸はふにゅっとしていたし、体もやわらかくって温かだった。

「はふぅ……」

アクアは、またたびを嗅《か》いだ猫みたいに、ふんにゃりとした。

「くぅ……」

コキアは羨《うらや》ましそうに呻《うめ》き、(><)な顔で叫んだ。

「わたしのほうもおねがいしますっ‼」

「まぁ…………いいけど」

「そそそっ、それでは少々お待ちくださいっ！」

コキアはガチャガチャとヨロイを脱いで、白い麻の服にスカートという格好になった。

「なんで脱ぐ……」

「そこはやはり、一生に一度、あるかないかのお話ですので……」

まぁいいや。**オレもヨロイを抱きしめるよりは、生身のほうをギュッとしたい。**

要望通りに抱いてやる。

「くぅん……っ！」

コキアは緊張に身を震わせつつも、オレの腕に黙って抱かれた。

コキアもやはり、ぬくもりと弾力のある羽毛布団のように、いい抱き心地だった。

さらにシャルルも、コキアの後ろに並んでた。

「シャルルはやはり、ラクトさまが大好きなシャルルでありますので……」

仕方がないな。オレはシャルルもぎゅうっと抱いた。

「はうううう……」

シャルルは犬っ娘《こ》のクセに、またたびに酔っぱらった猫のような顔をした。

そして、オレとシャルルは巣の中へと入った。

第18話　素直ではないリアさま？

採掘場。

冥府《めいふ》の入り口なのではないかと思えるほどに、暗く大きい――直径一〇〇メートルはありそうな穴から、大きなアリが、口に土や鉱石を咥《くわ》えて出てくる。

そして二足歩行のアリが、穴の横に置かれた土や鉱石を、別室めいたほら穴へ運ぶ。

作業に従事しているアリは、パッと見ても数百はいる。

「壮麗《そうれい》な光景でありますね……」

「そうだな……」

集団が規律を持って動く姿には、ある種の芸術めいた美しさがある。

オレはそれの指揮者とも言える、リーダー格の女へと声をかけた。

「やぁ」

赤茶色の髪と褐色《かっしょく》の肌を持った――元はクイーンの親衛隊長をやっていた女――アインは、オレを見るなり目を丸くして地に膝《ひざ》をついた。

「なんでございましょうかっ‼」

「普通にしていていいんだけど……」

「わたくしの存在など、あなた様の前では虫けらも同然っ！　ゆえにこの体勢が、わたくしにとっての普通っ！」

「…………無礼でもいいから立って話せ」

「ハッ‼」

素直に立ちあがったアインに、オレは簡単な事情を話した。

「というわけで、何人か融通《ゆうづう》してくれると助かるんだけど……」

「そういうお話でございますか……」

アインは、口元に手を当てて考え込んだ。

「難しい？」

「待機している人員はそれなりにおりますが、王の手伝いをさせるに相応《ふさわ》しい、秀逸《しゅういつ》な能力と忠義心を持った人材になりますと…………」

「言ったことを普通にこなせる程度の能力と、裏切らない程度の常識があれば、それでいいんだけど……」

「そういうことなら、いないわけでもございませんが……」

「誰か思いついたなら、その人でいいよ。多少なら、問題があっても気にしないから」

「ラクトさまが、そうおっしゃるのであれば……」

アインは気重にうなずくと、小さな声でつぶやいた。

「リアさまがお見えに……」

それは本当に小さかった。目の前にいるオレですら、アインを注視していなければ聞こえないような声だった。

なのに――。

「リアさまがぁ?!」

そいつは地面から飛びだしてきたっ?!

さらに、飛び出してきたその女――黒い髪にツインテールは、あたりをキョロキョロ見回しまくった。

「リアさまっ?! リアさまぁ?!」

「自己紹介をなさい、セルカ」

「それよりアインおねぇさまっ?! リアさまはどこですかっ?! セルカはセルカは、リアさまに会いたいですっ! 愛しいですっ! 恋しいですっ!」

「王の前ですよ……?」

アインが、刀剣のように冷えた声と視線で、セルカを脅《おど》した。

セルカは、「ひうっ」と怯《ひる》みつつ、オレに向かって言ってくる。

「わたしはセルカ。生《せい》のすべてをリアちゃ……ではなく、リアさまに捧《ささ》げるために作られた存在ですっ!!」

　アインが小声で補足《ほそく》を入れた。

「セルカは、リアさまの親衛隊長として働く予定だった娘《むすめ》です。リアさまのために生まれて、リアさまのために生き、リアさまのために死ぬ予定の存在でした。ゆえに能力は高く、裏切る可能性も、皆無と言ってよいのですが……」

「忠誠心が暴走しちゃっているところがあるわけね……」

「はい……」

　アインは頭痛が痛そうにうなずくと、苦虫をダースで噛み潰したかのようにつぶやく。

「しかしセルカは、それでもわたしの妹です。幸せになってもらいたいという気持ちはあります。しかしライナさまたちとの契約によって、わたしたちは、許可なく外にでることはできません」

「なるほど」

「そしてリアさまのほうは、いかなる理由と事情があろうと、ここに帰ることは禁止されているわけでして……」

「オレが選んでやらないと、一生会えないかもしれないってことね」

「はい……」

　それはちょっと可哀想だな。

　人格的にはちょっとアレだが、オレだって、**人のことは言えないし**。

「ちなみにシャルルはどう思う？」

「シャッ、シャッ、シャルルシャルルでありますか？」

「うん」

「シャルルはシャルルは……、セルカさまの気持ちがわかるシャルルであります……」

シャルルはオレの腕に腕を絡ます。

「シャルルがもしも、ラクトさまにお仕えすることができなくなったりしたら………。はうぅ～～～～～～～～～～～」

「想像で泣くなよっ‼」

「そう言われても、悲しいのでありますぅ。離れたくないのでありますぅ。お慕《した》いしているのでありますぅ～～～～～～～」

シャルルはオレにギュッと抱きつき、胸板に顔をうずめては頬《ほほ》ずりをしてきた。

かわいいなぁ……。

オレはシャルルをギュッと抱き、シャルルの髪に顔をうずめた。シャルルのぬくもりを全身で感じる。

そうして、オレの心も決まる。

シャルルがここまで言うんだったら、雇ってやってもいいだろう。

オレはセルカと、セルカが率いる親衛隊の子たち数名を連れて行くことにした。

◆◆◆

「というわけで、ここが働いてもらう予定の店だ」

「なるほど……ここにわたしのリアちゃ……ではなく、仕えるべき主君が」

「「いらっしゃるのですねっ!!」」

「ねー」

セルカがぽつりとつぶやくと、親衛隊のアリッ子三人が続いた。

双子のようなサイドテールのふたりが元気に言うと、眠たげな目をした子が、眠たげに言った感じだ。

「ハァ……、ハァ……、ここに……ここに、リアさまが…………」

隊長のセルカが胸元を握りしめ、荒い吐息を吐き始めた。

それは春の日の露出狂のように怪しく、オレは若干《じゃっかん》不安になった。

しかしここまできた以上、今さら帰すわけにもいかない。

露出狂なら、外に放つわけにはいかない。

オレは店のドアをあけた。

「おっかえりぃ♪　ラクトさんっ♡」

ミーアが声をかけてきた。

リアを膝《ひざ》の上に乗せ、抱っこしながら頭をよしよし撫《な》でている。

(………。)

オレに気がついたリアは、ミーアの膝《ひざ》からゆっくりとおりた。

(ぺこり。)

ミーアにきっちり頭をさげて、オレにトテテと寄ってくる。

すると――。

「リアさまぁぁぁぁぁぁぁぁぁぁぁぁぁぁぁ!!!!」

変態という名のセルカが、リアに向かってダイヴした。

リアとの距離が、映画のスローモーションのように近づいていく。気のせいか、キラキラとした輝《かがや》きがまき散っているのも見えた。

こちらから見ると変態的だが、セルカにとっては感動の再会だ。

オレはほんのすこしだけ、いいことをしたような気分にならなくもなかった。

が――。

「へぶしっ!」

セルカの体は真横に逸《そ》れた。**顔から地面にダイヴした。**

リアはびくびく警戒しながらセルカを見つめ、オレのところに寄ってきた。**セルカという名の変質者から**、オレを守るように立つ。

キイイイン――――と、リアが力を発揮する。
カウンター席の椅子や、厨房《ちゅうぼう》のナイフやフォークといった、一部シャレにならないものが宙を舞い――。

グサドサバキャアンッ!!


その凄《すさ》まじい攻撃に、もうもうと土煙《つちけむり》が舞った。セルカの姿が見えなくなって、オレは思わずつぶやいた。

「やったか………？」

「ウフフフ、フフッ………」

しかし土煙《つちけむり》の奥からは、**邪悪《じゃあく》そのものといった笑い声が響いた。**

グールのように、ゆらりと立ちあがったそいつは、口の端から血を垂らしつつ、ニヤリと笑って言葉を続ける。

「この攻撃は――、『セルカのバカっ！　どうして、もっと早くきてくれなかったの?!　リア、とってもさびしかったんだからっ！』というメッセージですね……？」

（ブンブンブンっ！）

リアは必死に首を振った。

「「素直ではないリアさまぁ！」」

「まー」

親衛隊のふたりが末期色な声をあげ、三人目の子がダウナーにぼやいた。

そっとゴミ箱の中にしまっておきたい、変態チックなセルカたち。けれども、仕事は有能であった。

教えたことは、スポンジのように吸収するし、口答えもしない。

まさに働きアリのように、一生懸命な感じだ。

リアの親衛隊なのに、リアを怯えさせてしまうことを除きさえすれば、完璧《かんぺき》である。

第19話　side・カミーユ。

グツグツグツ。

鶏《とり》ガラとかのスープが入った寸胴《ずんどう》のナベをボクは見つめる。

このスープを作るのは、店を始めてからのボクの日課だ。

ほかの誰かに任せたりはしない。

そんなことしたら、いつ裏切られるかわからないからな。

スープの仕込みが終わってくれた。

ボクは厨房《ちゆうぼう》にかけていた鍵《かぎ》をあけるとドアを開く。待機していた店の連中に言う。

「あとはテキトーにやっとけ」

「はいっ！　カミーユさまっ‼」

声をそろえて言ってくるそいつらを尻目に、ボクは店の二階にある、ボクの部屋に入る。

一眠りして、向かいの店が開店する時刻には起きる予定だ。

そして閑古鳥《かんこどり》の鳴き声を聞きながら、紅茶を飲んだりお菓子を食べたりするのが、ボクの趣味だ。

冒険者なんていう、力を振り回しては好き勝手していた連中が、無様に這いつくばっている姿。それを見るのが好きなんだ。

店を失い、路頭に迷いかけた冒険者どもを、ボクの店で雇うのも楽しい。今まで偉そうにしていたやつが、ボクに媚《こ》びへつらうのは最高の娯楽《ごらく》だ。

特に向かいのあいつらは――――。

ボクは、すこし前にされたことを思いだし、怒りで全身を震わせた。親指のツメを噛む。

向かいの店のあいつらは、変な力でボクにいやらしい格好をさせた。パンツを脱がせたり、スカートをまくったりしやがった。

その落とし前は、つけさせないといけない。

商人ギルドや有力貴族に、多大な寄付をしているボクが、ただのヒラ冒険者どもに負けるはずがないんだからな。

見ていろよ――アイツらめ。

「ククク……フフフ………」

ボクは、アイツらがボクに許しを請《こ》うさまを想像しながら、帽子を被って眠りについた。

◆◆◆

ザワザワザワ。

耳障りな音がする。

「なんだ……？」

ボクは、重い頭をゆすって起きた。眠いまぶたをクシ……とこすり、窓からじっと、外を見る。

『いらっしゃいませでありますー、いらっしゃいませでありますー』

『新装開店、メイドカフェだよぉ♡』

「なっ――」

「カミーユさまっ！」

ボクが絶句していると、ミィが飛び込んできた。黒い猫耳をつけた獣人の女だ。奴隷《どれい》になっていたところを、ボクが買ってやった存在でもある。

「向かいの店がメイドカフェなる謎《なぞ》の店を開き、上々の客入りを記録していますっ！」

ミィがなんか言ってたが、そこは重要じゃない。実にどうでもいいことだ。

重要なのは、相手がメイドカフェを知っている――ということだ。

それが意味していることは、つまり――。

ボクはギリッと奥歯を噛んだ。

潰さなきゃ……。

アイツらのこと、全力で潰さなきゃ……。

第20話　かわいいライナとムカつくチンピラ。～物理系セバスチャン爆誕《ばくたん》の日～

「こちらはセルカ！　ご主人さまが、バラエティランチをご所望ですっ！」

「リリィです！　ご主人さまが、ポケットサンドをご所望なのですっ！」

「ラーナ！　お嬢さまとご主人さまが…………」

「おうっ！　ちょっと待ってな！」

セルカを筆頭にした、親衛隊の子たちが注文を伝えると、ティアナはポイッとトマトを投げた。

ナイフがザザンと宙を舞い、赤いトマトがパラリと斬れる。

おぉ……という歓声と、キャア……という黄色い声が、控えめに湧《わ》いた。

パフォーマンスを入れるのは、オレからのアイディアだ。

ティアナは元々、レベルの高い冒険者であった。ナイフ捌《さば》きは、なかなかのものである。

そういうスキルを、使わないのはもったいない。

メイドのわりに男前だが、好評なのでよしとする。

と――。

「繁盛《はんじょう》しているようだな」

仕事に行っていたはずのライナがやってきた。

「おかえりなさいませ、お嬢さま」

オレは執事として接し、ライナをカウンター席に座らせた。小声で尋ねる。

（仕事は？）

（昼だからな、休憩だ）

（そっか）

納得したオレは、店員としてメニューをだした。

「それではお嬢さま。ご注文が決まりましたらお呼びください」

「うっ、うむ」

ライナはぎこちなくうなずくと、渡されたメニューをじっと見つめた。

頬《ほほ》を赤くし、照れながら――。

「それでは、この……、バラエティランチを………頼もうか」

照れる顔がかわいくて、オレはちょっぴりいじわるをしたい気持ちになった。ニコリと笑って言ってやる。

「かしこまりました。曜日ごとに異なるプレートを全種集めると、ピカチュンのぬいぐるみが手に入る、バラエティランチ――でございますね」

「ちちちちっ、ちがうっ！　わたしがわたしが欲しているのは、様々な料理を一度に食せる、バラエティなランチだ！　キキキ、キミが作ったぬいぐるみをもっと欲しいなどとは、針の先ほどにも考えておらん‼」

真っ赤になって叫ぶライナに、オレは温かな笑みで返した。

「はぐぅ……」

ライナは頬《ほほ》を赤く染め、唇を噛んだ。いつもは凛々《りり》しいオオカミの耳も、くんにゃりとしおれる。

かわいい。

ギュッと抱き締めたい衝動を人前なので堪え、普通に料理を手渡した。

ライナはオオカミの尻尾《しっぽ》を振って、モフモフと食べた。

そしてプレートを愛おしそうに抱き締めて、店を出た。

オレはライナを見送って、また新しくやってきた客を出迎える。注文を受けて、ティアナへと指示を出す。

そうしていると、カランコロン。ドアからベルの音が鳴る。

そんな感じで、オレが接客していると——。

「なんなんだこの店はぁ‼」

いかつい怒号が響き渡った。

「ほらぁ、服が汚れちまったじゃねぇかぁ‼」

柄の悪い男四人が、セルカに因縁《いんねん》をつけていた。

黒いタンクトップに隆起《りゅうき》した筋肉。肩に彫られたヘビの入れ墨《ずみ》に、柄の悪い坊主頭。

一見すると悪質なクレーマーであるが、**よくよく見ても悪質なクレーマーである。**

これは単なる偶然《ぐうぜん》か。それとももとある必然か。

判断はつけにくいところだが――。

（あんなのがくるのかよ……）

（なんか雰囲気悪くなったな……）

どちらにしても、対応する必要がある。

ティアナが応対しようとしていたが、オレはティアナを手で制し、そいつらの前にでた。

「どうなさいましたか、お客さま」

「オマエがここの責任者か？」

「この店の――ではございませんが、この場所の責任者ではございます」

「ほぉう……そうかいそうかい。オマエが責任者かい」

三人の男がオレを囲んだ。ひとりがチロリと舌を出し、頭の悪そうな顔でオレをねめつけてくる。

先ほど、セルカにやっていたのと同じように、胸元の汚れた部分を摘《つ》まむ。

「テメェの店のナントカランチってのを食ってたら、トマトのソースが服に落ちてきちまったんだなぁ。こりゃあ弁償だろ？　弁償！」

「なるほど……、トマトのソースが胸元に……」

「オマケに店も、やたらとケモノくせーしなぁ」

男は、鼻を摘《つ》まんでティアナや客として来ている獣人の人たちを見やった。

この街では少数派だが、この世界には、獣人を差別している土地や国もある。

そして一般常識として、自分たちを差別してくる相手を、快《こころよ》く思う人間はいない。

客たちも、露骨《ろこつ》に嫌な顔をする。

オレは、きっちり襟《えり》を正した。

こういうクレーマーが相手でも、心を込めて説得するのがプロだろう。

「お言葉ですが、お客さま――」

ゆるやかに息を吸っては、穏《おだ》やかに言って――。

「説得パンチィ！」

男は「へぶし」と宙を舞い、無人のテーブルに突っ込む。

「テッ、テメェ、今のどこがお言葉**『説得キックゥ！』**ゴハァ！」

「おおっ、俺たちに手をだしたりしたら、リンディスさまが**『説得・トルネードアッパァ！』**

グボハァっ‼」

四人のうちの、三人までの説得が終わった。**物理という名の心を込めた甲斐あって、**三人は、実に静かになってくれた。

「今のどこがお言葉なんだよっ?!」

そしてソファー席に座っているスキンヘッドが、ビビりながらも言ってきた。

オレはビシッと言ってやる。

「今のオレは執事！　即ちジェントル！　ゆえに今の説得は――」

「説得は……？」

「ジェントル説得・物理っ！」

「ただの暴力に名前をつけやがった?!」

「とにかく、以上だ。**お代は有りガネでけっこうだから**、このゴミ連れてさっさと帰れ」

「カネも取るのかっ?!」

「オマエは、**物理系セバスチャン**の異名を持ち始めたオレの言葉に、深い感銘《かんめい》を受けたんだ。それぐらいは当然だろ？」

そう言って、オレは右手をパキリと鳴らした。

「それともオレの『お言葉』に、まったく感動しなかったとでも……？」

「いいっ、いいのか？　おおっ、俺はなぁ、リンディス組のコザスさまだぞ?!　その俺に手をだしたりしたら、リンディスさまが――」

オレは、禿《はげ》に等しいスキンヘッドのクレーマーの話を聞き流した。オレの説得《アッパー》に感銘《かんめい》を受けて気絶しているやつの腰から、ナイフを奪い――。
「なんだって？」
パキリと折った。
「ヒイイッ！」
男はブルリと震えると、感銘《かんめい》を受けて気絶している三人を担《かつ》いで逃げた。
オレはふうっと息を吐く。
すると――。
『いいぞぉー！』
『よく言ったぁー‼』
『すてきぃ―――！』
なんかみんなが口々に、お祭り騒ぎで称賛《しょうさん》してきた。
うれしいというよりも気恥ずかしいが、悪い気はしない。
オレは照れ笑いを浮かべつつも、手をあげて答える。
歓声が、一際強さを増してきた。
そんな中、ティアナだけがほんのわずかに青ざめていた。

第21話　海鬼団《かいきだん》のリーダー・リンディス。

「なあっ、おいっ、おいっ」

チンピラを撃退したオレが歓声を受けてると、ティアナが袖《そで》を引いてきた。

オレを店の隅《すみ》にまで引っ張っていき、ひそひそ声で聞いてきた。

（なぁラクト。さっきのチンピラ、『リンディス』とか言ってなかったか？）

（確かに言っていたような気もする…………かな）

ティアナの顔が、サァ――っと青ざめる。

（そんなヤバイやつなのか？）

（アタシが冒険者やっていたころにいた、海鬼団《かいきだん》のグループじゃんね）

（海鬼団《かいきだん》？）

（海を通る船から、通行料とか巻きあげているグループじゃんよ）

つまり海賊《かいぞく》か。

（逮捕《たいほ》とかはできないのか？）

（通行料とか取る代わり、危険な魔物を追い払ったり、天気の予想をやってくれたり、もっと危ない海鬼団《かいきだん》を叩き潰してくれたりもするから、するにできない状況じゃんね）

（なるほどな）

かつて地球の中国は、農作物を食べるスズメを『害鳥《がいちょう》』として、駆除《くじょ》する運動をおこなった。

するとスズメは確かに減ったが、イナゴなどの害虫も増えた。結局は『虫』の被害のほうが大きく、多くの農家が致命的《ちめいてき》な打撃を受けた。

いわゆる『悪いもの』が、『もっと悪いもの』を排除している。

そういう事例も、世界には存在しているわけだ。

（この街ではマイナーっつーか、海の向こうの、ペドクリフが主《おも》な拠点だったはずじゃんけどよ……）

とある事情で渡ってきた……と。

（危険度のランクは？）

（グループ自体はそこまでじゃないけどよ、筆頭のリンディスが、Ｂ級中位ぐらいって言われてるじゃんよ）

（Ｂ級？）

ティアナは深刻な顔でうなずいた。

冒険者のランクには、『Ｂ級の壁』というのが存在している。

最初はどんなヘタレであろうと、ちゃんとした努力と、細々とした経験を積めば、Ｃ級中位ぐらいにはなれる。

しかしB級になると、絶対的な才能が必要となる。

それは極端な話、『プロとアマ』との違いに近い。

アマの上位層も、努力や経験を積んでいない層からすれば、充分に怪物だ。しかし『プロ』は、そんなアマが束になっても敵わないほどの力量を持っていたりする。

そういう意味では、チンピラが偉そうにしたり、ティアナがビビッたりするのも当然なんだろうけど……。

「そんじゃあ、ちょっと行ってくる」

「アタシの話聞いてたのかっ?!」

「さっきのチンピラの親玉が、仕返しにくるかもしれない……っていう話だろ？」

「まとめちまえば、そうだけどよ……」

「聞いた感じじゃ、損得には聡《さと》いみたいだし、イザとなったら有りガネだして土下座でもするさ」

オレはハハッと軽やかに笑い、店の外にでた。

◆ ◆ ◆

「よう」

「ラクトさまっ！」

店をでたオレは、呼び込みをやっていたシャルルとミーアに声をかけた。

シャルル、ピュウッと寄ってくる。

ご主人さまの帰りを迎えた子犬のように、キラキラとした顔でオレを見上げて、尻尾《しっぽ》をパタパタ振ってくる。

オレにベタ懐きのシャルルからすると、オレから数時間離れてしまうのも、寂《さび》しい時間になるらしい。

オレはシャルルの頬《ほほ》に手を当てて、ふにふに摘《つ》まんで労《ねぎら》った。

「はうぅ………」

シャルルは恍惚《こうこつ》の表情を浮かべる。

「ラクトさん、ボクもぉ」

ミーアがオレの腕をギュッと掴《つか》むと、尻《しり》を振っておねだりをしてきた。

オレは、シャルルにしてやったのと同じように、ほっぺを摘《つ》まんでふにふにと揉《も》んだ。

「えへぇ〜〜♡」

「そんじゃオマエら、店のほうに戻れ」

「ごごっ、ご休憩なら、シャルルは取ったばかりで、大して疲れていないでありますっ‼」

拳《こぶし》をギュッと握り締め、『働けますアピール』をしてくるシャルル。

姿は健気《けなげ》で愛らしいが、言うべきことは言わないといけない。

「実はな、シャルル。さっきオレがぶっ飛ばしたチンピラが、親分連れてやってくるかもしれないんだよ。だからな、つまり……………」

オレはすこし悩んだが、言うべきことなので言った。

「邪魔になるから店にいろ」

「はぅわぁんっ‼」

シャルルは、落雷に打たれたかのようなショックを受けた。

「ラクトさまのお言葉であれば、従わないわけには、いかないであります……」

とても悲しげに震えつつ、店の中に戻っていった。

「ラクトさんって、時々容赦《ようしゃ》がない人だよね……」

「必要なことは言わないとな」

オレはミーアも店にさげ、体をほぐしてリンディスとやらを待った。

戦う準備はもちろんのこと、**土下座の準備もバッチリである。**

◆　◆　◆

同刻。

リンディスが操る船の甲板《かんぱん》。

ラクトにやられたチンピラが、リンディスに報告をしていた。

「と、いうわけでして……」

「それでソイツは、アタシの名前がでたってのに、オマエを攻撃したんだな？」

「はっ、はい……」

「なるほどなぁ」

リンディスは、深くうなずいた。

リンディスは、紫色の髪に、金色の目をした女だ。

着ている服は深い紺《こん》色をした水兵服《セーラー》のような服で、下はスカートにニーソックスだ。

そして頭の両サイドには、白い羽にも尾びれにも見える、耳のようなものがくっついている。

この不可思議な器官は、リンディスら、『海人族』の中でも、一部のものにしか現れない。

特に白いそれとなると、数万人にひとりとも言われている。

「一〇〇パー義理で、ホントーだったらゼッタイにやんねぇ、気の進まねぇシノギだったけど、相手がウチを舐めるんだったら、オハナシは別だぜな」

リンディスは、奇妙な訛《なま》りでそう言った。口に手を当て、口笛を鳴らす。

ピィイ――っと音が響いては、船が地鳴りのように揺れ――。

「ギャオオオオオオオンッ‼」

白く巨大なシー・サーペントが、飛沫《ひまつ》とともに顔をだす。シー・サーペントには、リンディスと同じ、白い羽にも尾びれにも見える器官がついていた。

リンディスは、パートナーである彼女に飛び移った。

「行くぜなシルドラ！　抜空《ばっくう》だっ‼」

リンディスの体が、蒼いマナに包まれる。

空の色とも海の色とも言える、幻想的な蒼だ。

マナを受けたシルドラが、唸りをあげて空へと登った。

リンディスら『海人族《かいじんぞく》』のうち、頭に白い羽を持つ者と、白いサーペントが合わさった時にだけ発動できる、特殊な飛行術である。

潜水力や、遊泳技術に優れる海人族であるが、一部の者は空をも飛べる。

この事実をもって、彼女らのことを、『海に落ちた天空人の末裔《まつえい》』と考える学者もいる。

◆　◆　◆

「くるとしたら、そろそろかな……」

ひとりつぶやいたオレは、海のほうをじっと見ていた。

リンディスとやらのアジトの方角は知らない。まぁしかし、海側だろうとは思う。

その単純な予想を証明するかのように、空の中に、白い点が現れた。

それは徐々に大きくなって、サーペントに変わる。

そしてサーペントの頭には、紺《こん》色の水兵服《セーラー》を着た、若い女が乗っていた。

女はサーペントの上から跳んで、オレの前に着地した。

紫色の髪に金色の目。勝ち気そうな瞳《ひとみ》に、とても立派な――――おっぱいだ。

シャルルほどではないものの、レミナ以上のセシリア級だ。**サイズで言えばEとかFだ。**

オレはゴクリと、生唾《なまつば》を飲んだ。

「怖《お》じ気づいたか…………？　フフフ」

勘違いしたらしいリンディスが、腕を組んで不敵に笑った。

オレは正直に言った。

「オマエの胸を見ていただけだ」

「ヘンタイかテメェはっ‼」

リンディスは、真っ赤になって胸を押さえた。

オレは否定しなかった。することができなかった。

変態という蔑称《べっしょう》に抵抗を覚える反面、人間らしい衝動を無理に殺して真人間を名乗るより、**変態を名乗って真摯《しんし》に生きたい**と思う衝動があった。

キャプテンとして、チームを甲子園へ導きたいと思う反面、マウンドの上で全裸になりたいと思う野球部員（露出狂）がいたら、こんな気持ちになるのかもしれない。

オレは荒ぶる衝動を、深呼吸で静めた。

「用件はなんだ？」

「子分を可愛がられた親分の用件なんざぁ、たったひとつと思わないぜな？」

「おっぱいを揉《も》ませてくれるのか？」

「なんでそうなるんぜなっ‼」

「冗談だ」

「クソがっ」

リンディスが、なにもない虚空《こくう》の中で、なにか棒のようなものを回す仕草を見せた。

「汝《なんじ》が真名《マナ》は母なる大海——メルキュリア・ランス！」

サファイアブルーの穂先を持った水色の槍《やり》が、虚空《こくう》から現れる。

槍《やり》を構えるリンディスの姿は、なかなかサマになっていた。戦い慣れている人間のそれだ。

「一応ひとつ言っとくが——泣いて謝りゃ許してやるぜな？　強いやつと雨と風には、逆らわねぇのが、長く生きるコツだぜな」

「それはいい信条だな」

うなずいたオレは、拳《こぶし》を構えた。

「強い相手と雨と風には、逆らわないようにしておくよ」

「…………」

「いい度胸だぜな——」

リンディスが、槍《やり》をスウッと後ろに下げた。青い光が螺旋状《らせんじょう》の糸を引き、槍《やり》の穂先に巻かれていく。

「すべてを飲みし深き渦《うず》、汝《なんじ》の闇《やみ》は闇《やみ》より深し——メルキュリア・レイストーム！」

リンディスが槍《やり》を振る。海の色をした渦潮《うずしお》が、水平に飛んできた。

オレは半身ずらしてかわす。渦《うず》が通ったあとの地面は、竜が爪《つめ》を振り抜いたかのように、激しく抉られていた。

リンディスが突っ込んでくる。

「怖《お》じ気づいて降参するなら、今のウチだぜなウボギャアッ！」

そしてオレのパンチを受けて、あっさりと吹っ飛んだ。

派手に吹っ飛び地面を転がり、仰向けに倒れては、キュウゥ……と目を回す。

やたら偉そうなわりに弱い、なんとかセシリアさんを彷彿《ほうふつ》とさせる、超絶噛ませ犬なリンディスであった。

まぁ世間一般の基準で言うと、オレが強すぎるだけなんだろうけど。

第22話　リンディスちゃんにお仕置き編。

オレはキュ～～～っと目を回しているリンディスに寄った。体を起こし、ほっぺたをペチペチと叩く。

「おい」

「ふにゃ……」

目をあけたリンディスが、目の前のオレに気づいた。金色の瞳《ひとみ》を、大きく見開き――。

「ぜにゃぁぁぁぁぁぁぁぁぁぁぁっ‼」

幽霊にでも出会ったかのような、甲高《かんだか》い悲鳴をあげた。

「ごめんぜなっ！　ごめんぜなっ！　ごめんぜなぁ！　もうしないぜなっ！　しないぜなっ！だから許してほしいんだぜなぁぁぁぁぁぁぁ！」

そして、ひたいを地につけ土下座。

生まれた時から、地面とひとつであったかのような、隙間皆無の見事な土下座だ。

体はもちろん、頭についている白い羽も小さく震え、憐《あわ》れみを請《こ》うている。

「さっきまでの威勢は、どこに行ったんだよ……」

「強いやつと雨と風には、逆らわないのが長く生きるコツだぜな……」

顔をあげたリンディスは、たは……と笑った。

なんてやつだ。一周まわって清々《すがすが》しいぞ。

「まぁいい。それなら質問に答えてもらおうか」

「はっ、はいっ！」

「誰の命令だっ？」

「ぜなっ？」

「いったい誰に頼まれて、ティアナの店の邪魔をしたんだ？」

「それは……」

「それは？」

「それわぁ…………」

「それわぁ？」

リンディスは、オレから目を逸《そ》らし、冷や汗を垂らした。

そして再び、ひたいを地に着け――。

「信用の問題があるから、言えないんだぜなぁ……」

「つまり、誰かの命令でやった行為ではある――ってことか」

「ぜなぁ!!」

リンディスが、『しまったぁ!!』という顔をした。

これは相当のバカだ。数字で言えば知力8。2・66セシリアだ。

かなり低いその反面、力の差を悟れば従順になる分、**セシリアよりは賢い。**

ただそれは、なんの自慢にも慰《なぐさ》めにもならない。

馬が豚より速いことを自慢しても空《むな》しいように、**人がセシリアよりも賢いことを自慢しても空《むな》しい。**

まぁいいや。聞きたいことは聞けた。

「あとはどんな罰《ばつ》を与えるか——だな」

巨乳の女の子を殺すというのは、**オレの中でなあり得ない。**だがしかし、ゆるすぎて舐められるのも困る。

地に伏《ふ》し震えるリンディスを見つつ、ゆっくりと考える。

(どれを選ぶにしても、一長一短)

それならば——。

「まずは立て」

「ぜなぁ…………」

リンディスは、虜囚《りょしゅう》の辱《はずかし》めを受けている女騎士のように立ちあがった。

オレは言った。

「脱げ」

「ぜな………?」

「今すぐ立って、スカートの下に穿《は》いているパンツを脱げ。そして、**ノーパンのまま帰れ**」

「なにを言ってるんだぜなっっ?!」

オレは答えず、ヘラリと笑った。

一長一短という四文字熟語は、『趣味に走るべき』というルビを振るためにある。

「くううっ……」

リンディスが、怒りと恥じらいに、ためらいが篭《こも》った瞳《ひとみ》でオレを見た。

本人は、にらんでいるつもりなのだろう。けれど身長差のせいで、**上目遣いにしか見えない**。

なかなかにかわいくて、オレはゲスい気持ちになった。

「それがイヤなら、もっと本格的にやってやってもいいんだが?」

そして、巨乳をぷにゅっと突ついた。

「キャアッ!!」

かわいい悲鳴をあげたリンディス。恥辱《ちじょく》に歯を食いしばり、それでも瞳《ひとみ》を固く閉じ、スカートの中に手を入れる。

まずは紺《こん》色をした、スパッツのような短パンがおりた。

オレはニヤリと、ゲスく笑った。

「次だ」

リンディスは、胸元を握りしめ、もじもじと太ももをこすらせる。

今度は本当の上目遣いで、ひくっ……と憐《あわ》れな涙声を漏《も》らした。

「もぅ……ゆるしてぜなぁ…………」

オレはちょっぴりドキリとしたが、あえて厳しく、「脱げ」と言った。

「ぜうぅ……」

リンディスの、かわいいパンツがおりてきた。白とピンクのしましまだ。

「海賊《かいぞく》なんてやってるクセに、穿《は》いてるパンツはかわいいんだな」

「っ~~~~~~~」

オレはパンツと短パンを回収し、「んっ」と笑顔で右手をだした。

「んじゃあとは、有りガネ全部渡して帰れ」

「カネまで取るぜなっ?!」

「カネをきっちり取れるなら、オマエが何回襲ってこようと、オレが儲《もう》かるイベントになるしな」

「くうっ――」

「どうしてもイヤなら、体で払う方向でもいいんだが……?」

オレは、リンディスの巨乳や太ももに、這うような視線を当てた。

「うぐうぅ………」

リンディスは、パンツを脱がされた時と同じような顔をした。それでもパンツを脱いだ時よりはスムーズに、皮袋をだした。

「体で払うのはイヤなんだな」

「ケケッ、ケッコンしてないんだから当たり前ぜなっ‼」

リンディスは、真っ赤になって怒鳴った。

「確かに身重じゃ戦えないし、変な病気が感染《うつ》ることもあるもんな」

「そそっ、そういう理由じゃないっていうか、そういう理由もなくはないけど、そういう理由じゃないんだぜな………」

「んっ？」

「いやいやいやっ！　なんでもないぜなっ！　ぜなっ！　オマエが言った通り、そういう理由からなんだぜなっ‼」

リンディスは、両手をパタパタと動かして、必死になにかをごまかした。

「ちなみに結婚するとしたら、どういう相手を予定しているんだ？」

「そりゃあ……やっぱ強いやつぜな。アタシ以上に強くって、アタシよりも強い。それも、魔法や飛び道具で強いんじゃなくって、男らしく、拳《こぶし》で強いような……」

そうやって、リンディスが、腕を組んで語っていると――。

「ラクトさまでありますかっ⁈」

シャルルがオレに腕を絡め、悲鳴のような声をあげた。

「ただいまのご理屈ですと、そのままラクトさまになるでありますっ！」

「ぜなっ……?!」

いきなり現れたシャルルが叫び、リンディスは目を見開いてオレを見つめた。

その表情は、初恋に近い感情を抱いていた戦隊ヒーローの中身が、くたびれたおっさんであったのを見てしまった少女のごとき、悲しみと絶望にまみれたそれであった。

真実を否定するかのように、頭を押さえてブンブン振った。

「アタシの希望は、それに加えてやさしいやつだぜな！　仲間の前ではいろいろと厳しくっても、ふたり切りの時は、頭ナデナデとかしてくれるやつだぜなぁ！」

「なるほど」

必死なさまがかわいくて、オレは思わず頭を撫《な》でた。

ぽふんと叩いて、よしよしと撫《な》でた。

言葉遣いは乱暴なリンディスであるが、髪はふんわり、やわらかだった。

「ぜなっ、ぜなっ——」

リンディスは、ビクッと身をすくませて、小刻みに震えた。頰《ほほ》の赤みが強くなる。頭の羽も赤くなる。気持ちいいと思っているのか、その羽は、ピクピクとゆれもした——が。

「ちちちちっ、ちがうぜなっ！　ちがうっ、ちがうっ、ちがうぜなぁ！　アタシがケッコンしたいのは、アタシ一筋で、ヘンタイじゃないやつなんだぜなぁぁぁぁぁぁぁぁぁ！」

そして頭を抱えては、踵《きびす》を返して逃げ去った。

からかいすぎても悪いので、オレは黙って見送った。

「ところでシャルル。オレは、『店の中にいろ』と言ったはずだが？」

「はわんっっ‼」

シャルルはオレから素早く離れ、縮こまっては小刻みに震えた。

「シャルルはシャルルは、ラクトさまを信頼しているシャルルであります。一対一の戦いならば、『ラクトさまが負けることは絶対にない』と思っていたシャルルであります。しかし戦いには、不意打ちというのもあるであります。ですからシャルルは、その際にはでようと思っていたシャルルでもありまして……」

「そうか」

「しかしいかなる理由があろうと、ラクトさまのご命令に逆らったのは、真実であります……」

シャルルは、しおっとうなだれた。かわいい耳やお尻《しり》の尻尾《しっぽ》も、しょんぼりと垂れる。

反省しているわんこっぽくてかわいい。

その態度だけで、オレはシャルルを許したくなった。そもそもあまり怒ってないしな。

しかし――。

「リーダー！」

現れたミーアが、シャルルにこしょこしょと耳打ちをした。

「はうっ?!」

「ラクトさんにお詫《わ》びをするなら、それが一番とボクは思うよっ！」

「はうぅ……」

シャルルの顔が、気の毒なほど赤くなる。

ミーアよ、いったいなにを言ったんだ。オレは聞こうと思ったが、シャルルはそれより早く動いた。

「はうぅぅ～～～………」

羞恥に頬《ほほ》を染めながら、スカートの中に手を入れた。

ミーアよ、**ホントになにを言ったんだ**。オレは視線で問いかける。

ミーアは、キリッと真顔で言った。

「ラクトさんに謝るんなら、パンツを脱ぐのがいいと思うよ……って」

なんてこと言うんだっ！

このミーア、オレのことをわかりすぎてる。

確かにオレは、許すけど。**パンツを脱いで謝られたら、どんなことでも許すけど。**

かと言って、ここまでド直球にぶち込まれるのも………ねぇ。

それなのに、心の悪魔が言ってくる。

『いいじゃねぇか、ブラザー。相手が脱ぐって言ってるんだからヨォ』

対抗するべき脳内天使も、こんなふうに言ってくる。

『天使的にはアウトでも、男的にはセーフですっ！』

なんというガッデム。この世に神はいないのか？ オレの理性は幻なのか？

自覚自体はわりとあったが、現実として突きつけられると、ちょっとショックだ。**直す気はないけど。**

そんなふうにしているうちにも、シャルルはパンツを脱ごうとしている。

スカートの中に手を入れて、白いパンツをするっと降ろした。

しかしやっぱり恥ずかしいのか、膝《ひざ》の上で止まってしまう。

「はううぅ～～～～～～～～～」

下唇を噛んでは唸り、生まれたての小鹿のように、足をぷるぷる震わせる。

「その体勢じゃ、余計に恥ずかしいだろ」

オレはやさしく声をかけ、シャルルにパンツを穿《は》かせてやった。

「ラクトさま……？」

「恥ずかしいなら、やんなくていいから。そもそも別に怒ってないし」

「はうぅ……！」

シャルルの瞳《ひとみ》が、キラキラと輝《かがや》いた。**なんかまた、オレへの好感度があがっていた。**

犬の獣人なせいであろうか、シャルルの忠誠心はやたらと濃い。

「ところでシャルル。命令なんだが」

「なんでありますかっ‼」

「店の邪魔にならないように裏口に回って、店の二階で待機しているリアを連れてきてくれ」

「はいっ！」

シャルルは速《すみ》やかに移動した。

オレも裏口の前に回って、シャルルがリアを連れてくるのを待った。

リアがきた。オレに、（ぎゅうっ………。）と抱きついて、胸板に顔をうずめる。

（……………。）

（すりすりすり………。）と顔をこすらせる。

最近のリアは、オレから離れることも覚えた。しかしそれには、反動もある。

だから、こまめに接してやらないといけない。

「ラクトさまっ」

「ん？」

「ほかの命令はございませんか？　シャルルはシャルルは、ラクトさまのおよ…………助手さんとして、もっとお役に立ちたいシャルルでありますっ！」

オレは懐に手を入れた。リンディスたちから奪ったのとは、違う銀貨をシャルルに渡す。

「これで砥石《といし》を買ってきてくれ。大きめのやつが、ひとつでいい。カミーユを問い詰めるのに、必要なんだ」

「やはり犯人は、カミーユさまなのでありますか……？」

「それを確認するための作業でもあるな」

「なるほどであります……」

「とにかくそういうわけだから、大きめの砥石《といし》を買ってきてくれ。オレのほうも、適当な鍛冶《かじ》屋を回って準備するから」

「それも、カミーユさまを問い詰めるのに、必要なのでありますか……？」

「ああ」

「ラクトさまのお言葉は、時折りふしぎなのであります……」

それでもシャルルは指示のまま、砥石《といし》を買いに出かけていった。

オレはリアを体にくっつけたまま、いろんな鍛冶《かじ》屋で、いろんな材質の短剣や、捨てる予定の鉄くずをもらった。

途中にあった噴水の広場で、クレープのようなお菓子を食べたりもした。

リアは、オレのほっぺたにクリームがくっついているのを見ると、オレのほっぺたをチロチロと舐めた。

第23話　潜入。

夜が来て、それからすこしの時間が経った。

世界が不穏《ふおん》に暗くなり、人の気配も薄らいだ。

「そろそろいい時間かな」

「気をつけてな」

「ああ」

オレはティアナたちにあいさつをすると、シャルルを連れて店をでた。向かいにあるカミーユのレストランを見る。

入口の前には、甲冑《かっちゅう》の騎士が二体いた。マナの力で動く、鋼鉄のメタルドールだ。

特別な恨みを買っている覚えがあるのか、金持ちとしては、当然の備えなのか。

なんにせよ、そんな騎士を携《たずさ》えた建物は、ちょっとした要塞《ようさい》のようにも見えた。オレはシャルルと裏口に回る。

「こっちはゴーレムかよ……」

裏庭のような裏口には、体長二メートルほどのゴーレムがいた。

がっしりとした体格には威圧感があり、サイクロプスのようなひとつ目は、不気味に赤く輝《かがや》いている。

気の弱いコソ泥であれば、見ただけで逃げだしそうだ。

「めんどくせーことしてやがんなぁ」

オレはやれやれとつぶやくと、タンと地を蹴《け》り、躍《おど》りでた。

ゴーレムの赤い目が、オレのことをギョロリと睨《にら》む。

が——。

ズシュンッ!

オレはゴーレムの胸に腕を突き刺し、体のコアを貫いた。

頭部に光る赤い目が、ブオンと光を失った。

ゴーレムを倒すもっとも簡単な手は、体の中のコアを潰して、マナの供給を絶ってやることだ。

戦争の際、重要拠点を守るようなゴーレムになると、三つ四つとコアを持っている。

しかし民間人でも所有ができる程度なら、だいたいひとつ。多くてもふたつだ。

それでも実装するとなると、二〇〇万から三〇〇万ルドはする。

オレは、裏口のドアのドアノブをひねった。

「カギがかかっていやがるな……」

ピンを取りだし、鍵穴へ入れる。

「あの……。ラクトさま」

「なんだ？」

「ラクトさまが、おやりになっていらっしゃるのは、もしや犯罪なのでは……」

「もしやでなくっても犯罪だな」

「はうっ――‼」

「でも仕方ないだろ。昼間の時点で真正面から行けば、人目のせいで邪魔をされる可能性だってあるんだから」

「それは確かに、真実の側面ではありますが……」

シャルルはオレを肯定しつつも、ぽつりと言った。

「もしもカミーユさまに罪がなければ、どうなさるのでありますか……？」

「そん時は土下座だ」

「はぅわぁんっ！」

「それにな、シャルル。世界にはこんな言葉もあるんだな」

「どのようなお言葉でありますか……」

こくりと首をかしげたシャルルに、オレはキリッと言い切った。

「バレなきゃセーフ」

「はうぅぅ………」

などと言っているうちに、カギが開いた。

オレはよしとうなずいて、重いトビラを開けた。暗い部屋の中を進んで、カミーユの部屋を探す。

警備をしていたメタルドールを軽く撃退しては階段を登り、それらしき部屋の前に立つ。

「またカギかかってやがんな……」

しかしまた開けるのは面倒で、オレはカカト落としを入れた。

金属のメタルで作られたドアは、激しい音を立ててひしゃげた。

「よぉ——」

「なっ、あっ……」

オレが部屋に押し入ると、ベッドの上にいたカミーユが、目を見開いて唖然《あぜん》としていた。

「今日はちょっと、お話にきたぜぃ」

「ドッドッドッ、ドア蹴破《けやぶ》ったやつのセリフかよっ‼」

「オレがドアをノックしてたら、オマエは開けたか？」

「っ……」

オレは椅子にどっかと座り、横柄《おうへい》に言った。威圧感を与えるためだ。気持ちに余裕がなくなれば、口をすべらす可能性もあがる。

「実は今日、ウチの店に変なチンピラがやってきてな」

「それが……どうしたんだよ」

「捕まえたあとに尋問《じんもん》したら、お前に頼まれたんだって答えたんだよ」

「っ……」

オレが簡単なカマをかけると、カミーユは、身構えるかのように歯を食い縛《しば》った。ゴク……と、重いツバを飲む。

こめかみのあたりには、冷えた汗が垂れていた。

「でもボクは、そんなやつ…………知らない。頼んだ覚えがないんなら、話した記憶も……………ない」

カミーユは、言葉を選びながら話した。

リンディスの名前でも口走ってくれれば、カタはついた。しかし、それを言わない程度の知能はあるらしい。

それでもオレは、会話を続ける。会話を続けること自体、大きな伏線《ふくせん》になってくる。

「つまり、オレが捕まえたリンディスは、わざわざウソをついたってことか？」

「そうなるな。ボクは……そんなやつ知らないんだから」

「どうして、ウソなんてついたんだろうな」

オレは責めるような口調ではなく、ひとりつぶやくように言った。

疑いが晴れたと思ったのか、カミーユはなめらかに答えた。

「ボクは成功しているからね。恨みだって買ってるさ。だからチンピラ雇っては、オマエみたいなアヘアヘ脳みそ筋肉マンを焚《た》きつけて、ボクを襲わせようとしたんじゃないの？」

カミーユは、嘲笑《ちょうしょう》めいたムカつく笑みを、へらりと浮かべた。

「だとしたら、ずいぶん回りくどいお話になるが……」

「うまく行けば、罰《ばつ》を受けることなく、ボクに復讐《ふくしゅう》できるんだ。ダメ元でするってやつがいても、おかしくはないね」

「なるほどなぁ」

「ちょっとは頭使って考えろよ、バァカ」

「それじゃあカミーユ。ちょっとこれに触れてくれるか？　全部の指を、プレートに乗せるような感じでいい」

オレは白い手袋をはめて、小さな板をカミーユに見せた。

顕微鏡《けんびきょう》で、物を見る時に使う、ガラスの板ぐらいの大きさと厚みのガラス板である。

「なんだよ、これ」

「必要なことなんだ」

カミーユは、唇を尖《とが》らせた。それでも指で、プレートに触れた。

「よし」

オレは、カミーユが触れたところに触れないように、プレートを横にして摘《つ》まんだ。先ほど座っていたところへと座る。

「シャルル、例のモノを」

「はいっ！」

シャルルは、砥石《といし》と短剣を載せたお盆を、オレに渡した。

オレは、ギラリと剣を抜く。

「うっ……」

カミーユが、ビクリと怯《ひる》みながらも、虚勢を張ってきた。

「なんなんだよ、それは……」

オレは、剣を研《と》ぎながら答える。

「指紋って、あるよなぁ」

「……………ああ」

「じゃあ、その取り方は知ってるか？」

「なんか……。専門の道具とか、クスリとか使うんじゃないのかよ」

「それがそうじゃないんだな」

オレはゆっくり剣を研《と》ぐ。刃が砥石《といし》を走るたび、シャア――……、シャア――……と、音が鳴り、銀色の粉が散る。お盆の上に溜まってく。

「アルミニウムの粉を、筆や、耳かきの綿毛《わたげ》にまぶして、ポンポンポンって叩いてやれば、浮かびあがってくれるんだ」

ただし地球の警察が使う場合、専用の加工を施してもいる。加工をしなくても指紋はでるが、精度が落ちてしまうのだ。しかし、それを言う必要はない。オレは真理を語るかのように続ける。

「こっちだと、『アルミニウム』ってのは、見つからなかったけど……」

オレは耳かきをだした。お盆に溜まった銀色の粉を、綿毛《わたげ》に付着させていく。

カミーユが触れたプレートを、ポンポンポンッと叩いてく。

「このミスリルの粉が、うまい具合に使えた」

オレは、プレートをカミーユに見せた。

プレートには、オレの言葉を証明するかのように、くっきりとした指紋が浮かびあがっていた。

カミーユが、ゴク……と重いツバを飲み込む。

目には見えない致死性《ちしせい》の機雷《きらい》。それが、自分の周りを囲んでいるのを、肌で感じてしまったかのごとき、焦燥《しょうそう》めいた顔つきだ。危地に追いやられていることを理解しつつも、動くに動けないでいる。

オレは、証拠品を摘《つ》まむ鑑識《かんしき》のように、皮袋を取りだした。

「そしてコイツが、店を襲ったチンピラたちから奪った金貨とか、銀貨が詰まった袋だ」

オレは、ミスリルの粉がついた耳かきの綿毛《わたげ》で、皮の袋をポンポンと叩いた。

袋に指紋が浮かび始める。

オレは中身もじゃらりとだして、金貨や銀貨をポンポン叩いた。

浮かびあがった指紋と、先のプレートを重ね合わせて——。

「あれれぇ～？」

わざとらしい声をだし、聞こえよがしに続ける。

「おかしいなぁ。カミーユちゃんの指紋が、金貨や銀貨。袋にもついてるぞぉ？

カミーユちゃんは、リンディスさんたちのことなんて、知らっないはずなのにねぇ」

「たっ……たまたまだろっ」

「一枚や二枚ならともかく、五枚や一〇枚についてるのに？」

「ぐっ………」

カミーユは、反論をしなかった。それがそのまま答えであった。

これが濡れ衣《ぬれぎぬ》であるのなら、カミーユ自身が誰よりも戸惑《とまど》う。もっと言うなら、自分で指紋を確認しにくる。

それなのに、カミーユはそれをしない。自分の関与の否定はしても、指紋の捏造《ねつぞう》は疑わない。

それは——カミーユ自身が知ってるからだ。
・・・・・・・・・・・・
チンピラが持っていた袋には、自分の指紋がついていると。

「ただ純粋な欲望から、金品を奪い取っていたわけではないのでありますね……！」

シャルルがギュッ……と拳《こぶし》を握り、身を震わせて感動していた。

「指紋とか抜きにしても、やっていたと思うけどな」

「はぅわぁんっ‼」

「とにかくそういう話だが、なにかうまい説明はできるか？」

「ぐぐっ、うっ、ぐぅ……」

カミーユが、悔《くや》しげに唇を噛んだ。反論の言葉はでてこない。

部屋の空気が重くなる。

オレの言葉にカミーユが反論していくという、カミーユ自身の作りあげた流れ。

それが重い枷《かせ》となり、カミーユ自身を絞めあげていく。

そして耐え兼ねたカミーユは、くぐもった声を発した。

「………そうだよ」

ギリッと奥歯を噛みしめて、醜悪《しゅうあく》な顔で叫ぶ。

「そうだよっ！　ボクだよっ‼　ボクがあいつらにカネを渡して、ティアナの店の営業妨害しかけたんだよっ‼」

「やっぱりオマエか」

「でもなにが悪いんだよっ！　冒険者なんて、自分が力を持ってるからって、好き勝手やって

いるような連中だろっ⁈　そんなやつらを財力のあるボクがもてあそんで、いったいなにが悪いんだよっ‼

ボクがオマエら冒険者たちを踏み潰すのはなぁ、オマエらが虫けらを踏み潰すのと、大差も小差も微差すらないようなオハナシなんだよっ‼」

「オマエなぁ……」

あまりにも身勝手な暴論に、オレは激しい怒りを感じた。

コイツはちょっと、わからせてやる必要がありそうだ。

第24話　お尻《しり》ペンペン物語。

カミーユの身勝手すぎる言い分に、オレは激しい怒りを感じた。

短い付き合いとはいえ、ティアナが店を大切に思っていたことは知っている。

料理を食べて、『おいしい』と言ったお客さんの顔を見た時に浮かべた、笑みのぬくもりも、知っている。

それを、そんな身勝手な理由で、踏み潰そうとしていたなんて――。

オレは怒りを隠すことなく、カミーユに近寄った。腕を振りあげ、カミーユの頬《ほほ》に手を――。

振り下ろそうとしてとめた。

「ひっ……」

縮こまるカミーユを見て考える。

ムカつくとはいえコイツは女だ。顔を叩くのは抵抗がある。

では腹か――とも思ったが、コイツは一般人である。

オレが殴ると重大な後遺症が残ったり、死に至る可能性もある。

それはさすがに気分が悪い。

コイツがムカつくやつだからこそ、コイツ相手にイヤな思いはしたくない。

となるとアレだな。アレしかないな。

後遺症を残さず罰《ばつ》を与える、イギリス式のお仕置き術だな。

現場の教師が気分任せに子どもを殴り、子どもの鼓膜《こまく》を破いてしまうこともある日本とは違い、イギリスなどでは、『叩いてもよい場所や回数』が、法律で定められている。

特に頭部を叩くのは、絶対にNGだ。

ならば、どこならよいのかと言うと、ひとつ目が手。そしてふたつ目が――。

「うわあっ‼」

オレはカミーユを捕まえては押さえ、**パジャマのズボンをぺろりとめくった。**

「やぁぁぁぁぁぁぁぁぁぁんっっ‼」

黄色と白の縞《しま》パンが剥《む》き出しになる。態度は生意気なカミーユであるが、**お尻《しり》はかわいい。**

「ひああんっ！　やめろよぉ！　なにするんだよぉ！　くそばかっ！　くそばかぁ！」

「この体勢ですることなんて、ひとつしかないだろ？」

オレは腕を振りあげて――。

パァンッ！

カミーユの尻《しり》を叩いた。

「ひゃうんっ！」

カミーユの体がビクリと弾んだ。

「はっ……、離せっ！　離せぇ‼」

カミーユは、じたばた手足を動かして暴れた。

オレはそんなカミーユの尻《しり》を、パァンッ、パァンッと叩いてく。

「うわぁんっ！　うわぁぁんっ！」

イギリスなどで許されている体罰の箇所は、手か臀部《でんぶ》――つまりお尻《しり》だ。

もちろんズボンを脱がせたり、素手で叩いたりするのは、一二〇パーセント違法だ。

だがしかし、**そこは気にしないことにした**。

カミーユがじたばたと暴れるたびに、パァンッ！　パァンッ！　と叩いてく。

「やぁんっ！　あぁんっ！　ひやぁんっ！」

カミーユは、叩かれるたびに悲鳴をあげた。

そして苛烈《かれつ》に叩いていると、カミーユは、大人しくなった。オレも手を止めてやる。

カミーユは、がっくりとうなだれたまま――。

「ひぐっ、うっ、ううう…………」

泣きだした。

すこしだけ可哀想になったオレは、カミーユの頭に手を置いた。

「泣くんだったら、最初からやるなよ」

「うるさぁいっ‼　くそばかっ！　オマエに……オマエなんかに、ボクの気持ちが……ひぐっ、うっ、ううっ………」

オレを罵倒《ばとう》することもできず、嗚咽《おえつ》を漏《も》らすカミーユ。

その様子には、ただのクズとはすこし異なる、深い悲しみの色があった。

オレは、カミーユのズボンを戻す。

「話してみろよ」

「………」

「なんか事情あるんだろ?」

カミーユは、なにも答えなかった。けれども、オレは急《せ》かさなかった。

沈黙《ちんもく》の時間とは、相手が自分の気持ちに整理をつけるための時間であって、話の中身を否定されたり、バカにされるのではないか——と恐れていたりする時間でもある。

その沈黙《ちんもく》を破ることは、花壇《かだん》の中に、無遠慮に足を踏み入れるのにも等しい——と、むかし読んだ、カウンセリングの本にはあった。

オレが急《せ》かさないでいると、カミーユは、ゆっくりと話し始めた。

「いじめられてたんだよ………ボク。カバンとか制服に、チョークで落書きをされたり、教室の隅《すみ》で、ズボンとか………脱がされたりしてた」

「ズボンを?」

「前の世界じゃ……。オトコだったんだよ……ボク」

「そっか……」

「それでもう、イヤで……イヤで。ぼうっと、道を歩いちゃうことも、増えて。そうしたら、トラックに撥《は》ねられて………」

「こっちに来たってわけか」

（………こくり）

カミーユは、くすんと鼻をすすった。

「それでボクは決めたんだ。今度はボクが、いじめる側になってやる………って」

「関係ないやついじめるのは、ダメだろう」

オレは率直につぶやいた。

しかし同情しているためか、責めるような口調にはならなかった。

カミーユの頭に乗せていた手で、カミーユの頭を撫《な》でてしまったりもした。

「だったらオマエはあるのかよぉ……。忘れたつもりでしばらく経っても、夢の中にそいつらがでてきたりして、目が覚めたあとも、心臓がビクビクと震えたり、イライラがとまらなくなったりするようなことがよぉ……」

オレは、カミーユの頭を撫《な》でながら言った。

「あるよ」

嘘や偽《いつわ》り、記憶違いがないように、丁寧に思いだしながら続ける。

「人が大切にしていた猫を保健所に連れていって、帰ってきた第一声に、『あー、スッキリしたぁ』って言うような人間に、夢の中で怒鳴ることがあれば、怒鳴り叫んだ自分の声で目が覚めたこともある」

そう語るオレは、自分の気持ちが驚くほどに穏《おだ》やかになっているのを感じた。

茶色くなった古傷を、静かに見つめているかのような感覚だ。

痛みの記憶は確かにあるのに、現実の痛みはまるでない。

「………………」

「でもさ、関係のないやつに八つ当たりするのはダメだろ?」

カミーユは、それでもしばらく黙っていたが、けれども、長い沈黙《ちんもく》の末に――。

「うん………」と、うなずいた。

そのカミーユには、つい先刻のような、醜悪《しゅうあく》な色は微塵《みじん》もなかった。

「よしっ」

オレはカミーユの体を起こし、やさしく抱きしめてやった。

頭と背中を撫《な》でてやり、敵意がないことを全身で伝える。

カミーユが落ち着いてきたのを見計らい、ヒョイっと軽く抱きあげる。

「きゃあっ!」

カミーユが、かわいらしい声をあげてはオレの体にしがみつく。

「じゃ、ティアナの店に行くぞ」

「…………」

それはまだ怖いらしい。カミーユは、小刻みに震えていた。無意識な動きでオレの胸元を握り、オレの胸板に顔をうずめた。いや……と小さく首を振った。

「必要なケジメだろ？」

それでもオレがそう言うと、カミーユは、こく……と小さくうなずいた。

第25話　罪と罰《ばつ》と反省と。

カミーユにお仕置きをしたオレは、店の前についた。

オレはカミーユをおろし、店のドアを押した。

「ただいま」

「よっ………」

帰還したオレに声をかけようとしたティアナが、カミーユを見て固まった。

どんな感情を向ければいいのか、わからなさそうな顔をしている。

カミーユは、そんなティアナを見ると、うつむいた。

オレの後ろで、オレの服を、キュッ……と握り、体を小さく震わせている。

今のカミーユからすると、冒険者とは力の象徴であり、自分をいじめた存在の親戚《しんせき》でしかない。

オレはカミーユの手を引いて、カウンターの席へと座った。

「コイツにさ、なんか一品ふるまってくんねぇか？」

「「えっ?!」」

カミーユとティアナが、同時に叫んだ。

「ティアナは好きな料理を出して、カミーユは、それがどんな料理でも最後まで食べる。そんな感じで、手打ちにしてやってほしいんだ」

ティアナもカミーユも、反対はしなかった。

特にティアナは、なるほどなぁ……と、悪魔のような笑みを浮かべた。

「アタシがどんなに激辛《げきから》で、激苦で、一週間は寝込んじまうようなヤツを作っても、黙って食べなくっちゃいけないわけだ」

「そうなるな」

不穏《ふおん》な会話に、カミーユが震える。

曲がりなりにも、料理人をやってたやつだ。

まずい料理の殺人的な耐え難さのことは、一般人より知っているのだろう。

「そういうことなら、アレにすっか……」

ティアナは、店の奥に入った。ガサゴソと音を立てて戻ってくる。

その手には、中ぐらいの大きさをした箱に入った、メロンサイズのタマゴがあった。

真っ白でおいしそうだ。オレの口の中に唾液《だえき》が溢《あふ》れる——が。

(カタカタフルフル)

オレの両脇にいたカミーユとシャルルが、発情しているドーベルマンを前にしたチワワのように震えた。

「どうしたんだ？」

「ティ……ティアナさまがお取り出したのは…………」

「ワイバーンのタマゴだろ…………？」

「ツメを剥がされ右目を抜かれ、焼けた針を太ももに捻《ね》じ込まれても、国の秘密を話さなかった騎士でさえ――」

「**『オマエの飯にこれを混ぜるぞ』**と言われた途端、屈服《くつぷく》したっていう逸話《いつわ》があって………」

「そもそも人が食べるものではなく、ネズミや害虫除けの材料にするのが、一般的な使い道であります……」

聞けば聞くほど、酷《ひど》い話だ。

しかしティアナが、それほどにカミーユを許せないのなら仕方ない。

グツグツグツ。コトコトコト。嫌なタマゴが煮えていく。

小さな手ナベの隙間から、嫌な臭いが漏《も》れてくる。

腐った生ゴミのような嫌な臭いが、手ナベのわずかな隙間から、**妖気《ようき》を伴《ともな》って溢《あふ》れ出てくる。**

そのイメージはもはや、**煙に燻《いぶ》され這い出るゴキブリである。**

「はうぅ……」

ずっと鼻を摘《つ》まんでいたシャルルが、切なげにうめいた。

人のオレでもキツイ臭いだ。犬の獣人のシャルルであれば、尚更《なおさら》だろう。

「大丈夫か？」

「らいひょうぶれは、ないでありまひゅ…………」

シャルルは、正直に首を振った。

「それれもヒャルルは、ラクトひゃまの、おひょばにいたい、ヒャルルで、ありまひゅうぅ…………」

「そっか」

シャルルはオレの肩に頭を乗せて、すりすりと頬《ほほ》ずりをしてきた。

それならそれでいいだろう。オレはシャルルを、尊重してやることにした。

グチャグチャポコポコ。

タマゴが煮られて二〇分。手鍋から、**料理のそれとしてはおかしい音が響き始めた。**

ティアナはいろいろ刻んでは、鍋の中にポチャリポチャリと入れている。

「こんなもんかな……」

さらに一五分が経過して、嫌な臭いが消えたころ、ティアナが手鍋のフタを取った。

タマゴをドチャリと、皿の上に出す。

「んじゃあ、覚悟して食えな？」

ティアナは、ニヤ――と笑った。

しかし、見た目はおいしそうだった。

肉厚な白身に、芳醇《ほうじゅん》な味を連想される黄身。ほかほかと立った湯気。

がっつり煮込んだ料理であるのに、形はほとんど目玉焼きだ。

嫌な臭いも今はない。漂《ただよ》っているのは、香ばしい香りだ。

「食べられる味になってるんじゃないか？」

「長く煮込んで、表面的には普通になっても、中の臭いは残るのが、ワイバーンのタマゴの特徴であります…………」

ティアナがそこまでやるとは思わなかったぜ<(^o^)>

もうちょい爽《さわ》やかに流す性格だと思ってたのに(^o^)/

「でも今回の場合、悪いのはボクだしさ……。**靴の中で作られたカップラーメン、食べさせられた時のことでも思いだせば**……平気だよ」

「そんな哀しい記憶を掘り起こさないとダメなのか……」

流石《さすが》にすこし、気の毒になった。

オレはティアナに、新しい皿をだしてもらった。目玉焼きならぬ目玉煮込みを、ナイフとフォークでキコキコと切る。

「なにしてんだよ……」

「半分食ってやろうと思ってな」

「ラクトさまがお食べになるなら、シャルルもシャルルも、食べるであります……っ！」

「っ…………」

カミーユが、喉をグッ……と詰まらせた。蒼い瞳《ひとみ》がジワとうるむ。

しかし、すぐにそっぽを向いてしまった。

「オッ、オマエらが、勝手に食べるだけなんだからな……！」

「その通りだよ」

オレは、あっさりと言った。

オレは、『誰かのために』という考えが好きではない。むしろ嫌いな部類に入る。

それを言うやつの大半は、親切という名のラベルを張りさえすれば、なにをしてもよいのだと考える。

『親切』で言ってやっている、やってやっているのだから、謙虚《けんきょ》に聞くのは当然である。感謝するのも当然である。傷つくなどは言語道断である――と考える。

親切な人間が選んだ靴であろうと、足に合うとは限らない。

そんな当たり前のこともわからずに、ただ親切であるというだけで、自分のすべてを正当化する。

だからオレがすることは、すべてオレのためなのだ。

今回のだって――。

「今のオマエに、これをひとりで食べさせるのは、オレが嫌な気分になるから、そうしているだけだ」

「…………」

カミーユは、なにも言わずにうつむいた。体を小さく震わせた。

ナイフとフォークをうまく使って、目玉煮込みを切った。ヤケになったかのように口へと入れた。口がもぐもぐと動く。

オレもカミーユにならい、目玉煮込みを口へと入れた。シャルルの口にも入れてやる。三人そろってもぐもぐ噛んだ。

すると――。

「っ?!」

汁が溢《あふ》れた。

オレが一口噛むごとに、濃厚なうま味を持った汁が溢《あふ》れた。

グシャッと噛むと汁が弾けた。白身が舌の上でとろけ、口中に広がっていった。

目玉焼きというよりは、濃厚で重厚なステーキを食べているような感覚だ。

「確かに普通に食べようとしたら、煮ても焼いても食えたモンじゃねーのが、ワイバーンのタマゴだ。けど香辛料《こうしんりょう》を工夫してやると、臭いや毒っ気が抜けてくれるんだよ」

解説を入れたティアナは、「冒険者やってっと、**泥と土と金属以外は、根性と香辛料《こうしんりょう》で食えるようにならなきゃダメなところあるからよ**」と補足《ほそく》した。

「なるほどなぁ」

オレはうなずき、舌鼓《したつづみ》を打った。

と――。

「なんでだよ……」

食べていたカミーユが、小刻みに震えた。

「なんでやさしくするんだよっ！　おいしいご飯を食べさせるんだよっ‼　ボクは敵だろっ⁈！

勝手な理由で、オマエらの店潰そうとした、嫌なやつだろっ⁈！」

「だからタマゴでビビらせたじゃんよ」

「それで終わりだってのか⁈！」

「まぁ……その通りじゃんね」

ティアナは、キョトンとして言った。

カミーユの怒りが、まったく理解できていない顔であった。

「そりゃあ……店潰されてたら怒ってたけどよ、けっきょく潰されなかったし、そっちも今後は、変な妨害とかしないでくれるんだろ？　だったらもうさ…………」

ティアナは、アゴに手を当て考えた。首をくりっと横にかしげる。

「怒る理由とかなくね？」

「っ――――！」

カミーユが、胸をナイフで抉られたかのような顔をした。

「ひぐっ、うっ、うっ………」

頭を抱えて、うつむいて、嗚咽《おえつ》を漏《も》らして涙をこぼす。

理不尽《りふじん》な力を振るわれたにもかかわらず、あっさり自分を許したティアナ。

それに対して、『転生』という幸運をもらいながら、理不尽《りふじん》な八つ当たりをした自分。

対比が慚愧《ざんき》の念となり、カミーユ自身を激しく責める。

そして、長い斬鬼の末に――――。

「ごめんっ……なさいっ………」

「あ？」

「ごめんなさぁぁぁぁぁぁぁぁぁぁぁぁぁぁぁぁぁぁいっ‼」

カミーユは泣きじゃくった。

生まれたばかりの子供のように、声を張りあげ泣きじゃくった。

オレは、カミーユの頭に手を置いてやった。カミーユは、オレの胸に顔をうずめた。

カミーユは、すすり泣いてはしゃくり上げ、謝罪と嗚咽《おえつ》を何度も漏《も》らす。

「どど、どうしたんだよ」

戸惑《とまど》うティアナに、オレは言った。

「心から反省している時は、叱《しか》られるより、やさしくされたほうが堪えるもんだろ？」

そう言って、オレはカミーユの頭を撫《な》でた。
カミーユは、声を張りあげ泣きじゃくった。
だがしかし、カミーユが流しているのは涙とは違う。
虐《しいた》げられた悲しみや、守ってもらえなかった痛み。
心を冷たく凍《こお》らせてしまったそれらを溶かし、しずくに変えて流しているのだ。
だから泣き終えたカミーユは、きっと温かい心の持ち主になる。
凍《い》てつくような冬であろうと、雪が溶ければ、温かな春がくるように。

クライマックス　～初めてのセッ○ス・カミーユ編～

木漏《こも》れ日《び》が温かな、晴れた日の午後。

オレは、シャルルとミーア、リアにライナを連れて、中央区の街を歩いていた。

レミナとロミナも誘ったが、ロミナの体調がよくないらしく、断られてしまった。

整然と敷き詰められた石畳の道に、石煉瓦《れんが》造りの建物が立ち並ぶ、美しい街並みを歩く。

リアがオレの胴体にペタリとくっつき、ライナは腕にくっついている。

「大人げないとはわかっている。わかっているのだ……」

特にライナは、瞳《ひとみ》を閉じては頬《ほほ》を染め、そんなことをつぶやいている。

しかし、そのくっつき具合は、幼いリアと変わらない。

白いほっぺも平たい胸も、**密着させられるところは、すべて密着させている。**

「はううう………」

真後ろからは、シャルルのため息が聞こえる。

「仕方ないよ、リーダー。リアちゃんは小さいし、ライナさんには、くじで負けちゃったんだからさ」

「理解は、しているであります………」

「とりあえず、ボクの腕でも掴《つか》む？」

「ミーア～～～～～～～～～」

シャルルがミーアの腕にしがみつき、ミーアはシャルルを、よしよしと撫《な》でた。

シャルルとミーアのふたりには、オレのそれとはまた違う絆《きずな》が存在している。

そんなふうに歩いていたオレは、とある店の前で足をとめた。

店の前には、クローズドの札。今日は定休日なのだ。

（ぎゅ～～～～～～～～～～～～～～～。）

オレの胴体にくっついていたリアが、しがみつく腕の力を強めた。

いやいやいやっと首を振った。

「大丈夫だから」

オレは温かな笑みを浮かべた。リアの頭をポンと叩いて、店の戸を押す。

キィ……と軽い音が鳴り――。

「リアさまぁぁぁぁぁぁぁぁぁぁぁぁっ!!」

変態という名のセルカが突っ込んできた。

リアがキィン――と力を使う。セルカはメイド服のまま、真横の壁に――。

叩きつけられるかと思った刹那《せつな》。

「アマアマですっ！」

セルカは宙で回転し、壁を鋭くバシンと蹴《け》った。

華麗なる三角跳びだ。

「リアさまぁぁぁぁぁぁぁぁぁっ！」

飛んでくる。

その不屈っぷりは、諦《あきら》めなければ夢は叶うと、まっすぐに走る野球少年のように輝《かがや》いていた。

美しいはずの輝《かがや》きなのに、**なんだかとても嫌だった。**

バゴンッ！

リアが、超能力で空圧のハンマーを作り、セルカの体を背中から潰した。

地面に減り込んだセルカは、**しかし不死身だ。**

「リアさまの、お足ぃ……♥」

潰されたゴキブリのように地を這いつつも、**リアの足を見つめて、ハァハァとする。**

リアが、オレの反対側に回った。オレに、（ぎゅっ～～～～～～～～～。）っとしがみついては、ぶるぶると震えた。

その様子はまさに、地を這うゴキブリに怯える女の子のようであった。

ライナがセルカを立たせて言った。

「忠誠心もほどほどにしておきたまえ。リアが怖がっているではないか」

すると、セルカは言い放ちやがった。

「怯えるリアさまというのも、セルカにとっては愛らしいので……」

「キミはホントに、親衛隊の長《おさ》なのかっ?!」

「ハイッ!!」

あるまじきことを言いやがったクセに、全力で肯定しやがった。

「わたしが四方八方からリアさまを襲うことによって、リアさまは、咄嗟《とっさ》の襲撃からも、その身を守る術《すべ》を身につけることができますっ!!」

「そのような意味もあったのか……」

ライナが、意外そうにうなずいた。

「ハイッ!!」

セルカは元気に返事をするが——。

「もちろん最大の理由は、**わたしの個人的な欲望ですがっ！**」

「キミはホントに、親衛隊の長《おさ》なのかっ?!」

「リアさまはわたしを痛めつけることで力の使い方を学習し、わたしは痛めつけられることで、極上の至福を味わうことができる。**まさに主従の、ギブアンドテイク…………っ！**」

ギブアンドテイクって、もっと美しいものじゃなかったっけ。

語る変態《セルカ》が鼻血を垂らしているせいで、オレは余計にそう思う。

親衛隊の子たちが叫ぶ。

「『リアさま想いのセルカさまぁ――――っ！』」

「まー」

お前らもそれでいいんかい。

心の中で思ったが、今日の本題はセルカではない。オレは軽くスルーした。

というかあんまり触れたくなかった。

カウンター席に座り、メイド服のティアナに言った。

「アイツは？」

「そろそろじゃんね」

ティアナが言ってから数分。そいつは、店の奥から現れた。

青い瞳《ひとみ》に金色の髪。ピーンッと立ったキツネの耳を持つ少女。

生意気そうな吊り目をしてるが、根っ子は純で愛らしい少女。

「いっ、いっ、いらっしゃいませ。ご主人………さま」

その少女――カミーユは、ぺこりと頭を下げてきた。

着ているものは、白とピンクのメイド服だ。

ティアナやセルカたちとは色が違うが、カミーユには、こちらのほうが似合うと思い、特別に作った。実際、とても似合ってて――。

「かわいいな」

そんな声も自然に漏《も》れた。

「かわっ?!」

カミーユの顔が、ボンッと弾けた。真っ赤になって湯気をだし、あわあわと震える。

「かわっ。かわっ。かわっ…………」

ショート寸前な顔つきで、目玉をぐるぐる回しかけたが――。

「カカッ、カンチガイするなよっ！　くそばかっ！　ボクがこんな格好で店にいるのは、オマエのためじゃないんだからなっ！　ティアナさんに悪いことをしたお詫《わ》びと、おいしかった目玉焼きのお礼がしたいだけなんだからなっ！」

「そのへんのことは、ティアナからの手紙で知ってるよ。いろいろと反省をした。潰して歩いたお店の店主たちにも、頭を下げた。自分が持っていた店も、ほかのやつにゆずって、自分は引退――――ってな」

「ちょうど……そんな感じだよ」

「そんであと、オレに会いたがってる――――とか」

オレはボソリとつぶやいた。

「ヘアッ?!」

カミーユが奇声をあげると、ティアナが素の顔で言った。

「ちがった？」

「当たり前だろっ！　いったいボクのどんなところが、こんなやつに会いたがってるように見えたんだよっ！」

「この店に来るようになってから、『アイツはここに住んでるわけじゃないのか……？』って聞いたとことか、いないって聞いた途端、微妙にガッカリしたところとか、謝り終わった記念に一杯やった時、酔った勢いで、『アイツはなんで来ないんだよぉ～～～、ボクにあんなことしておいてぇ～～～～』って泣きじゃくったあたり――――――じゃんね」

「うわぁ――――――――――――――――っ!!」

カミーユは、烈火のごとき悲鳴をあげた。

「ちちちっ、ちがう！　ちがう！　ちがうんだからな！　恩とかなんとか、いろいろとあったから寂《さび》しかったりしただけで、別に好きとかそんなんじゃ――――――」

「ここにいる誰も、キミがアマクサに好意を寄せている――――などとは言っていないわけであるが……」

ライナがポツリとつぶやいた。警戒のジト目でカミーユを見つめ、オレの腕にしがみつく。

「あっ……」

カミーユは、しまった――という顔をした。

カアアッ……と、火をつけられたかのように赤くなる。

けれども、ブンブン首を振り――。

「あっ……、あっ……、ありえない！　ありえないからぁ！　ボボボ、ボクがそいつを好きだとか、絶対に、ありえないからぁ!!　だってそいつは男だろ?!」

「わたしには、なんの問題もないような思えるのだが……」

「そっちから見ればそうだけど……。ちがうんだよぉ………！」

カミーユは、胸元を握り締め、怯えた子狐のように震えた。

態度が軽く引っかかったオレは、カミーユの手を引いた。

ふたりきりにしてもらうよう頼み、ティアナが寝泊りしている部屋にまで移動する。

「なんだよ……、オマエ」

怯えるカミーユを閉じ込めるかのように、ドアにドンッと手をつき尋ねる。

「やっぱり前世の関係か？」

カミーユは、しばしのあいだためらいつつも、こく……とうなずいた。

「女の子の格好するぐらいなら、だいぶ平気になってるけどさ、好きとかそういうのの対象――って言われると………」

「女のほうが好きだったりはするのか？」

「それもちょっと、ちがうかな……」

自分の中でも、うまく言葉にできないのだろう。カミーユは、途切れ途切れに、ぽつぽつと話す。

「こっちに来ていて、けっこう経ってて、この体にも、けっこう慣れてはいるんだけど……。七割は女の子でも、三割は男のままっていうか、好きとか言われると、やっぱり違和感があるっていうか………」

「なるほどな」

(……こくっ)

うなずいたカミーユは、消え入りそうなほどに儚《はかな》げだった。それはほかならぬカミーユが、どちらとも言えない自分の存在に、自信を持てていない証拠にも見えた。

「オイ」

オレは軽く声をかけ、カミーユにオレを見上げさせ――。

キスをした。

カミーユは驚愕《きようがく》に目を見開いていたが、オレは唇を押しつける。

「んんぅ〜〜………」

カミーユは頰《ほほ》を紅潮《こうちよう》させて、瞳《ひとみ》を気持ちよさそうに細めたが――。

ドンッ!

オレの体を突き押した。手の甲で唇を押さえ、涙ぐんではオレに言う。

「いきなりなにするんだよぉ…………。ボク……。初めてだったのにぃ…………！」

「簡単なテストだよ」

オレはカミーユの手首を掴《つか》み、ベッドの上にドサッと寝かした。

カミーユの両脇に腕を立て、逃げられないようにする。

「本気で死のうとしてみれば、生きる理由はすぐに見つかる」

「………？」

「飲めば死んでしまう薬とか、首を吊れば死んでしまうロープとか、その気になればすぐに死ねる準備をするんだ。その時に浮かんだ自分を引き止めるイメージが、自分が生きたいと思う理由だ。

友達の姿が思い浮かべば、それが生きる理由になるし、楽しみにしていた漫画やアニメが浮かべば、それを楽しむことが理由だ。

単純に怖くて死ねなかった時は、『死ぬのが怖い』ってのが生きる理由だ」

「それ……なんも思い浮かばなかったらどうなるんだよ………」

「別に死んでも構わないってことだ」

オレがドライに言ったせいか、カミーユは、切なげに目を伏《ふ》せた。

「オレがするのは、それの応用だ」

「………」

「これから一〇分のあいだ、オレはオマエを、『ただの女』っていう設定でいじる。それが本気でイヤならオマエは男だ。体がどんなに女だろうと、ちゃんとした男だ。逆にイヤじゃなかったら、それを理由に、『自分は心もちゃんと女だ』って言える」

ルールを説明したオレは、カミーユの唇に、二回目のキスをした。

カミーユは、んぅ——っと苦悶《くもん》のうめきを漏《も》らしたが、暴れたりはしなかった。

オレは唇をつけたまま、ピンクのメイド服越しに、カミーユの胸を揉《も》んだ。

やわらかな触感《しょっかん》とともに、顕著《けんちょ》な怯えが伝わってくる。

それでもオレは、カミーユの胸をくにゅくにゅと揉《も》んだ。手のひらにすっぽりと納まる美乳は、揉《も》んでいて心地がよかった。

「くっ……、ふうっ……、ハあッ……」

恐らく初めての刺激に、カミーユの体温があがっていく。オレは虚空《こくう》を打つようなイメージで、ピシッ、ピシッとデコピンをした。虚空《こくう》を通る人差し指が、カミーユの胸の先をかすめる。

「あんッ！　あんッ！」

愛らしい嬌声《きょうせい》があがり、乳首がほんのり隆起《りゅうき》する。

オレは乳首を、指でいじった。ぷにゅっ、ぷにゅっと突っついて、衣服越しにキュッと摘《つ》まんだ。

「ひやぁんっ！」

カミーユが、今度は切ない悲鳴をあげた。小さな体もビクンと跳ねる。

オレは、カミーユの上半身を起こした。

「背中向け」

「…………」

カミーユは、なにも言わない。胸を庇《かば》うかのように肩を抱き、上目遣いでオレを見る。恥じらいで頬《ほほ》を染め、もじもじと身をよじる。

それでもオレが黙っていると、最後はオレに背を向けた。オレは背中のファスナーをゆるめ、ゆるんだ隙間に手を差し入れた。生の胸を直接に揉《も》む。

「ひああっ、あっ、あんっ。やっ……あぁんっ…………！」

カミーユの声音には、オレを拒絶する響きがあった。しかしそれ以上に、陶酔《とうすい》している響きがあった。

オレはカミーユの足に足を絡ませ、足を強引に開かせた。カミーユの股間《こかん》に右手を伸ばす。

「そんなところもさわるのかっ?!」

カミーユが手を伸ばし、オレの右手を妨害してきた。

「一〇分のあいだはガマンしろ」

「んんっ……」

オレはカミーユの股間《こかん》を、パンツ越しにさすった。胸のそれとは違う、くにくにとした触《しょっ》感《かん》が指に伝わる。それは——紛れもなくオンナノコのそれであった。

「あんっ、あんっ、あんっ……」

カミーユは、息をするたびに喘いだ。やわらかな体も、体温を増していく。オレは、火の玉を抱いているかのような錯覚さえも覚えた。パンツの中に手を入れる。

「きゃんっ！」

カミーユの大切なところは、ぐちゃぐちゃにとろとろだった。

オレは指でかき乱す。

「やあっ、ああっ、やあっ、ああっ、あぁ——んっ！」

出てくる声も秘部と同様、ぐちゃぐちゃのとろとろだ。

（やっぱりコイツ、オンナだよな）

それならもっと気持ちよくさせて、その意識を植えつけてやるのが親切だろう。

オレはカミーユを四つん這いにさせた。かわいい尻《しり》を向けさせる。

オレはしましまパンツのお尻《しり》をさすり、ツン、ツン、と指で突ついた。

「やんっ、あんっ！」

突つかれたカミーユは、素直で敏感な声をあげた。オレはカミーユのパンツを脱がし、カミーユを仰向けにした。

スカートがうまい具合にかかって見えなくなってしまったが、今のカミーユは、完全にノーパンだ。

イメージするとムラムラしてくる。

オレはズボンを降ろし、モザイク必須の魔剣――チンコ・フリッガーをむき出しにした。カミーユの膝《ひざ》に手を当てて、足をグイッと開かせる。

一〇分は過ぎている気もしたが、カミーユからの指摘がないので気にしないことにした。

「わわぁっ！」

カミーユが足を閉じ、スカートの裾《すそ》を押さえた。オレの股間《こかん》をまじまじ見つめ、真っ赤になっては目を逸《そ》らす。

「なに出してるんだよぉ‼」

「股間《こかん》の紳士だ」

「わけわかんないこと言うなぁ！　しまえっ！　今すぐにしまえぇー！」

「だけどコレ自体は、オマエだって見慣れてたはずだろ？」

「そうだけど……。ボクのはこんなに、大きくなんてなかったし…………」

カミーユは泣きそうな顔で体を起こし、オレの紳士をまじまじと見つめた。顔は恥ずかしそうに赤く染まっていたが、目を逸《そ》らしてはいなかった。紳士《しんし》を真摯に見つめてた。

そして、「うぅ……」と唸りつつ、オレの紳士に顔を寄せ、あむ……と。

口に咥《くわ》えた。

「んうっ、んうっ、んうっ……」

顔を前後に動かして、不器用ながら、『ご奉仕』してくる。

技巧的には稚拙《ちせつ》。しかしそこに篭《こも》っている熱が、オレの性感を高めた。オレはカミーユの頭を掴《つか》み、オレのペースで動かした。ジュポッ、ジュポッ、ジュポッ。カミーユの口から、いやらしい音が流れて――。

「ッッ――――！」

どぷんっ――、どぷっ、どぷっ。

白い液が、たっぷりと出された。

「んうッ――！」

恐らく吐き出したいのだろう。カミーユは、口をもごもご動かした。それでもオレは、両手を離しはしなかった。

「んんっ…………」

カミーユの口内が震えた。白い喉が、ごくり、ごくりと音を鳴らす。

最後まで飲み干したのを見計らい、オレはカミーユの頭から手を離す。

「けほっ……、けほっ……」

カミーユは、愛らしくむせた。サファイアブルーの澄《す》んだ瞳《ひとみ》に涙を溜めて、手の甲で口をぬぐっている。

オレはカミーユを押し倒し、白い首筋に吸いついた。

「きゃんっ！」

かわいい悲鳴をあげさせて、生の胸を揉《も》みしだく。

「ひああっ、きゃっ、ひぃぃっ……！」

先のそれよりも乱暴な愛撫に、カミーユは、啼《な》くように喘ぐ。オレは乳首に吸いついた。

「ひぁんっ！」

ちゅうっっと吸っては チロチロ舐めて、激しく吸っては唇で噛む。

「ひやあっ、あっ、やっ、あっ、あっ、あっ、あぁぁぁぁぁぁぁぁんっ！」

強弱混ざった過激な刺激に、カミーユは痙攣《けいれん》。背筋を弓なりに反らし、絶頂の声をあげた。

「ひああっ、あっ、あっ……♥」

そして四肢をだらりと投げ出し、ビクンッ、ビクンッと卑猥《ひわい》に震える。

オレはカミーユの膝《ひざ》を掴《つか》んで、足をグイッと左右に広げた。オレのそれをあてがって、腰を深く沈めていく。ずちゅっ……っと淫靡《いんび》な音が鳴り、オレの一部が、カミーユの中に納まった。

「ああっ……！」

初めての貫通《かんつう》を受けたカミーユは、甘ったるい声を漏《も》らした。秘部はオレを受け入れるかのように、キュウゥ……とオレを締めつけた。

「それじゃあ……動くぞ」

「うぅんっ……！」

オレは腰を動かした。ずちゅんっ、ずちゅんと音が鳴る。カミーユの秘部とオレのそれとが、いやらしいほどこすれ合う。

「ひうぅ、うっ、うんっ、熱いよ、熱いよおぉ……っ！」

オレが腰を動かすたびに、カミーユの胸がたぷたぷと揺れる。オレは動く両胸を、がっしりと握った。さらに激しく腰を振る。

「ひうぅぅぅうんっ！　ひあっ、ひうっっ、あつっ、熱いぃ！　あっ、あぁぁぁんっ！」

オレは胸ごとカミーユを押さえ、カミーユの中にたっぷりと出した。

「ひあっ、ひうっ、あんっ……！」

カミーユはビクビクと痙攣《けいれん》し、ンン――！　と白いシーツを握りしめた。

オレはその後も、二回、三回、四回と、執拗《しつよう》なほどにカミーユとやった。

舐《ねぶ》るように続いたそれは、男女の愛の営みというより、オスとメスとの交尾であった。

◆　◆　◆

異様に長い交尾が終わった。

オレはカミーユにキスをして、小さな体をやさしく抱いた。

「どうだった？」

「言わせんなよ……バカ」

カミーユはつっけんどんに言うと、オレの胸板に顔をうずめた。

それ自体は親愛の表現にしか見えないのだが、カミーユの顔には、愁《うれ》いの色も浮かんでいた。

「イヤだったりしたか？」

「イヤでは……なかったよ。気持ちよかったりは、したし……、オマエのことも、好………嫌いじゃない」

そう言って、オレの存在を確かめるかのように、オレの胸板に顔をこすりつける。

「けどオマエって……、『ボクがなりたかったボク』の姿なんだよ。強くって——まずはとにかく強くって、変な嫌がらせとかも、簡単に跳ね除ける。どんな無茶でも、強さと勢いで吹き飛ばしちゃう——っていうさ……」

「なるほどな」

「だからボクのオンナノコの部分は、えっちしてもらって、すごく幸せな気分になったんだけど……」

「オトコの部分で違和感を持っちゃったわけか」

カミーユは、こく……とうなずいた。

そのしおらしい感じがかわいくて、オレは改めてキスをした。

カミーユを仰向けにして、汗ばんだ肢体を見やる。

今のカミーユの格好は、上が裸で下がスカートの、『裸スカート』である。

これのエロさ、かわいさは、裸エプロンにも匹敵すると思う。

オレが、個人的に流行ってほしいと思うファッションのひとつだ。

オレは裸スカートのカミーユの胸を揉《も》み、乳首に軽く吸いついた。

「ひゃんっ……、あっ………」

素直に立ったカミーユの乳首をチロリと舐めて、指先で摘《つ》まむ。

足をグイッと開かせて、オレの紳士をグチュッと入れる。

「うんっ……！」

「こういうふうにされちゃうと、気持ちいいけど違和感も感じちゃったりするわけだ」

「わかってんなら……、抜け………よぉ」

「やだ」

断りついでに、オレはカミーユの中に出した。

「ひぃぃんっ………！」

カミーユは悦楽に呻《うめ》きながら、ビクンッ、ビクンッと全身を引きつらせた。

オレはカミーユを抱きあげた。座り合う格好で行為を続ける。

「あんっ、あんっ。やだっ、やだっ、抜けよっ、抜けよおぉっ………！」

必死に訴えるカミーユであるが、両の腕はオレの背中に回り、ひしっとしがみついていた。

オレは意地悪に言った。

「なんでだよ」

「ボクは……ひうんっ。オトコ……くぅんっ。だから………ひぃぃんっ！」

カミーユは淫靡《いんび》によがり啼《な》きつつ、自分は男と主張した。

それは追い詰められた鼠《ねずみ》が、力を振り絞って猫を噛む姿にも似ていた。

女の体が、有無を言わさず与えてくる快楽。それに対して、男の心やプライドで耐えているわけだ。

予想とは、まったく逆の方向に転んだ。だがしかし、**これはこれでかわいい**。オレはカミーユを四つん這いにして、バックから突いた。

「こんなふうにされたらどうだ？」

「ふああっ、あっ、あんっ。やだっ、やだぁ。アンッ！　やだっ！　やだぁ――――！」

「どうしてイヤなんだ？」

「オトコ……オトコだからだぁ！　ボクがっ、ボクがオトコだからだぁ‼」

「もういっぺん言ってみろっ！」

「ボクはオトコだぁぁぁぁぁぁぁぁぁぁぁぁぁぁぁあっ！」

番外編その１　～ライナとの、らぶいちゃ・前編～

朝がきた。オレは目覚める。

シャルルとリアとミーアにあいさつをして、朝食を取る。

そして、武術の稽古《けいこ》をしたあとは、薬草などを調合し、四人の時間を、のんびりと過ごす。

そして夕刻を迎えるあたりに、ティアナの店に向かう。

シャルルやリアたちを連れていく日もあるが、今日はひとりだ。

執事服を着て、料理をしたり、接客したりと店を手伝う。

閉店したあとは、ティアナたちと食事だ。

今日の食事は、見た目はカレーで、風味もカレーなカレーパスタだ。

オレはフォークでかき混ぜて、くるりと巻いてパクリと食べる。

「『どんな感じだ……？』」

ティアナとカミーユのふたりが、真剣な眼差しで聞いてくる。

「今日もおいしいよ」

「『そっか……』」

ふたりそろって、まずは一安心――といった感じでほっぺたをほころばす。

「ただ個人的には、もうちょっと辛いほうが好きかな。今日のも、『甘口』として食べる分には悪くないけど」

「今日のカレーは、甘口用……か」

カミーユが、小さな声でつぶやいた。

「スパイシーなのがいいってことは、レミに頼んで、スタークミンでも採ってきてもらわなきゃだな」

ティアナはオレの感想をメモる。

今のふたりがやっているのは、カレー粉《こ》の開発だ。

そもそもカレーの起源とは、『香辛料《こうしんりょう》を使って、肉や野菜に味付けをしたインド料理』だ。

そしてイギリスの会社が、メジャーな香辛料《こうしんりょう》を独自に混ぜて、『カレー粉《こ》』として売った。

そのカレー粉《こ》に、小麦粉《こむぎこ》を混ぜてとろとろにしたのが、日本におけるカレーだ。

つまり、香辛料《こうしんりょう》と小麦粉《こむぎこ》がある世界なら、インドのカレーも、日本のカレーも、再現できる可能性はあるわけである。

しかし料理に一生懸命な女の子とは、よいものである。

見ているだけで心が和《なご》む。ほくほくしてくる。

だからだろう、オレはつい言ってしまった。

「ふたりとも、いいお嫁さんになれそうだよな」

ボンッ！

ふたりの顔が真っ赤になった。

「ななな っ、なに言ってやがるんだよっ！　バッキャロー！」

「そっそっ、そうだぞ！　なに言ってるんだよ！　くそばかっ！　ボクはオトコだぞっ⁈」

「そういやそういう設定だったな」

「設定って言うなぁ‼」

カミーユをからかいながら、オレはカレーに舌鼓《したつづみ》を打った。

食べ終わったあとは、ティアナの店を手伝い、ライナの家に向かう。

いつもなら、ティアナのところに泊まるか、オレの家に戻るかしている。しかし最近のライナは忙しいらしく、オレの家に、来れていない。店にも顔を見せなかった。

今の時間はけっこう遅く、日本で言えば十一時ぐらいだ。しかしオレは恋人である。たまにならばよいだろう。

仮に寝ていたとしても、寝顔を見られれば十分だ。

オレはライナが住んでいる高い塔――ギルドタワーへと入る。一階にある受付で、ギルドカードを提示して、身分を示す。

専用の用紙に訪問時刻を記入して、名前をサインする。名前の横に指を押し当て、魔力紋を残したりもした。

強い力を持っている人間は、あつかいが難しい。

あまり束縛《そくばく》しすぎると、裏切りや反乱の危険性が増す。しかし自由にしすぎても、コントロールが難しくなる。

だからこのように、『普通に会うにも手続きは要るが、手続きを踏めば自由』という格好になっている。

この街——というかこの国におけるライナは、それほどの重要人物というあつかいなのだ。

白い扉に手を当てる。扉はどぷんとオレの手を吸い体を吸った。

無数の扉が並ぶ廊下へと出た。

オレはその中の扉のひとつに手を当てて、つい先刻と同じように吸われる。

それを何度かくり返し、ライナの部屋へと続くドアがある廊下へと出た。

一見すると普通のドアだが、鍵穴は丸く、素材も特殊な金属のメタルだ。

事前に登録しておいたマナにだけ反応し、鍵《かぎ》をあけるドアである。

指紋認証のマナバージョンと思えば、だいたい合ってる。

オレはライナの部屋に入った。

薄暗く、殺風景な部屋である。

明かりと言えば、カーテン越しに差し込む月明かりだけで、それ以外はなにもない。

ベッドの枕元には、ぬいぐるみが置かれていたりするが、逆に言うとそれだけだ。

ライナが寝ているのだろうか、ベッドの上にはふくらみがあった。

オレはライナを起こさないよう、忍び足で寄る――が。

「え……？」

そこにあったのは丸太。以上でなければ以下でもない、パジャマを着ている一本の丸太だ。

三角形のナイトキャップまで被っている姿が、シュールっぷりを加速世界《アクセル・ワールド》させている。

なんなんだ、これ。

オレは丸太を持ちあげて見つめたが、それはやっぱり、丸太でしかない。

世界のどこかに、『みんな、丸太は持ったな?!』を合言葉とする丸太パーティがあって、それへの招待券であったりするのか？

そんなわけないか。

じゃあなんなんだ。丸太って。

オレが疑問に思っていると――。

「っ?!」

背後から、刺すような殺気。

オレは丸太を横に放って、身を翻《ひるがえ》す。オレが立っていた場所に、鋭い掌底《しょうてい》が来た。

オレはそいつの腕を捻って、ベッドの上にうつ伏《ふ》せに倒した。

「はぐっ！」

聞き覚えのある声がした。オレは声の主を見下ろす。

とても小さい女の子である。

薄暗い中でもわかる銀色の髪をポニーテールに結っていて、シルバーグレイの軍服のような服を着ている。

そしてかわいいお尻《しり》には、オオカミの尻尾《しっぽ》。

ええっと、つまり、要するに――。

「ライナ……？」

その女の子は、想像通りの声を発した。

「アマクサか……？」

「そうだけど……」

オレは、ライナにかけていた技を解いた。

「いったいなんの用なのだ？　こんな夜更けに」

「オレとしては、ベッドの仕掛けと、急に襲いかかってきた理由のほうを、知りたいんだけど……」

「寝る時のわたしは、基本的にこうだぞ？」

「えっ？」

「わたしを狙う侵入者がくれば、まずはベッドに近寄るだろう？　ならばベッドはダミーとして使い、隙《すき》を作る材料にするべきではないか」

ライナは、ハードな世界に生きる傭兵《ようへい》のようなことを、こともなげに言ってのけた。

「それでキミは、いったい何用できたのだ？」

くりっと小首をかしげて聞いてくるライナに、オレは言った。

「ライナの顔を見に来ただけだけど？」

「そっ、そっ、そんなもの、あすにでもすればよいであろうに」

「理屈ではそうだけど、ガマンできなくって」

「そっ、そうか。わたしにわざわざ会いにくるのを、どうしてもガマンできなかったのか」

「うん」

「しっ、しっ、仕方ないのやつだな、キミは」

腕を組んで目をつむり、偉そうに言うライナ。しかしほっぺたは赤く、尻尾《しっぽ》はパタパタ振られてた。

かわいいなぁ、もぅ。

オレはライナにキスをして、勢いのまま押し倒す。

身長一四〇センチ台の、小さなライナが着ている服を剥《む》き、愛の営みに入る。

ライナの口やほっぺにキスをしながら、一回、二回と愛し合う。

そして三回目が終わったところで、オレはライナの中に入っていたオレを抜きだし、仰向けになった。

「あまくさぁ……♡」

甘い声を出したライナが、オレに覆《おお》い被さった。ほっぺをぺろぺろ舐めてくる。

「くぅぅん………♡」

頬《ほほ》ずりなども挟《はさ》みつつ、ぺろっ、ぺろっと舐めてくる。

オレの首に顔をうずめて、あむあむと唇で噛んだりもしてくる。

マタタビに酔った猫のように、「はぐぅ……♡」、「きゅうぅぅん……♡」と懐き、オレの体に自身の体をこすりつけてく。

それはもう、子犬がするようなマーキングに似ていた。

するとオレも元気になって、四回目、五回目のらぶいちゃに入る。

ライナのことは、荒っぽく犯すことも多いオレだが、基本的にはこういった、らぶいちゃが主《おも》だ。

というか、このらぶいちゃでオレが暴走すると、荒っぽくなってしまう。

「はふぅん……♡♡」

甘いらぶいちゃが一段落ついた。するとライナは、抱き枕にでも抱きつくかのように、両手と両足を使って、ぎゅうぅ………っと抱きついてくる。

そして、それから――。

（くぅ…………♡）

眠り始めた。

その表情は、この世の汚いことなんか、なにひとつ知らない赤ん坊のようにあどけない。

オレはライナを起こさないよう慎重に、ライナの頭をやさしく撫《な》でた。

「はぐんっ……」

ライナの耳が、ぴくり……、ぴくりと動いたが、起きたりはしなかった。

オレに抱き着く腕の力を強め、「んみゅ……」としがみついてくる。

「あまくさぁ……」

オレの名前を寝言で呼んでは、んみゅんみゅ顔をうずめて、こすらせてくる。

普段は、戦場で生きる傭兵《ようへい》のようにふるまっているライナも、オレの前では、ただのかわいい女の子だ。

番外編その2　～ライナとの、らぶいちゃ・後編～

目が覚めたのは、やわらかな触感《しょっかん》のせいだった。

まるで桜色のマシュマロのような、やわらかで温かな触感《しょっかん》が、オレの唇に当たっている。

それは触れているだけで、オレに幸せをもたらした。

なんだろう、これ。

オレは、ゆっくり目を見開いた。

顔があった。

閉じられた瞳《ひとみ》と、黒い眼帯。銀色に透き通った長いまつ毛。

「っ?!」

オレは思わず目を見開いた。パチパチパチ。まばたきもしてしまう。

目の前のまつ毛と、オレのまつ毛が、奇妙にエロく絡み合った。

目の前の瞳《ひとみ》が、驚いたように開かれる。

海のように透き通った蒼い瞳《ひとみ》が、オレの視界に広がった。

そして瞳《ひとみ》は、じわ……とうるみ――。

「はぐぁぁっ！」

オレから離れた。

「ちがうのだっ！　ちがうのだぁ！　アマクサぁ！　わたしはわたしはただ単に、目の前にあったキミの顔と存在が、たまらなく愛おしくなってしまったがゆえに、してしまったというだけで、以上でなければ以下もないのだぁ!!」

寝ているオレにキスをしていたらしいライナが、真っ赤になって首を振った。銀色のポニーテールも、バサバサと揺れた。

なにが違うのかわからない。

けれどライナが、ここまで違うと言い張るのなら――。

「違うのか」

「ちがうのだぁ！」

違うのであった。

しかし、責任は取ってもらわないといけない。

オレはライナを押し倒し、奪われた唇を奪い返した。

そしてライナの服を剥ぎ、たっぷりと楽しませてもらった。

「はぐぅん………♥」

終わったあとのライナは、めろめろのとろとろになっていた。

◆◆◆

らぶいちゃが終われば朝食だ。

かわいいライナの手料理だ。

オレは期待の眼差しで、キッチンに食材を並べたライナを見つめた。

「そっ……、そう複雑なものは作れんぞ?」

「それでもいいよ。ライナの手料理だもん」

「そうか……。わたしの手料理であれば、それでよいのか……」

ライナは、幸せを噛み締めるかのようにうなずいた。

そして、ライナの手料理が始まる。

肉↑ズバッ。

野菜↑ズバッ。

ふたつ合わせて?↑手ナベにぽちゃん。

グツグツグツ。煮込む。そして五分か十分ぐらいして——。

「できたぞ」

「ええっ⁈」

オレは思わず叫んでしまった。

「切ってゆでただけだよねっ⁈　今のっ‼」

「だからわたしは、複雑なものは作れんと言ったではないか…………」

ライナは涙目。半泣きだった。

「ごめん」

オレは軽やかに謝って、ライナの頭をポフッと叩いた。やわらかな頭を撫《な》でる。

「はぐぅ……」

それでほだされる自分が口惜しいのか、ライナは下唇を噛んだ。

しかし体は正直で、尻尾《しっぽ》はふりふり振られてた。

だからオレは、なでなでを続けた。ライナもポツリとつぶやいた。

「………………許す」

そして食卓についた。

「わわっ、わたしが自らよそってやろう」

ライナが、顔を真っ赤にして言った。肉と野菜を、小さな器へとよそう。

フォークを器用に操って、緑の野菜を、肉色の肉に巻く。

「よっ……よしっ」

やたら緊張しながらうなずき、ヘタクソなロールキャベツのようになった肉野菜を、フォークで刺して――。

「あっ、あーん、しろ」

核ミサイルの発射ボタンでも押すつもりなんじゃないかという顔で、肉野菜をオレの口元に持ってきた。

オレはパクッと食ってやる。

「っ～～～～～～～～～～～～～～～～‼」

それがうれしかったのか、ライナは小刻みに震えた。かわいいオオカミの尻尾《しっぽ》も、パタパタと振られる。

「美味か……？」

「うん。あっさりしてるけどおいしい」

「そっ……そうか。耐え切れんほどまずくはないか」

ライナは微妙に低い自己評価を下すと、肉野菜をフォークで刺した。

「ななっ、ならば二口目だ」

「うん。わかった」

オレは口を、あーんとあけて、二口目を食べた。

「はぐぅぅ～～～～～～～～～～‼」

感極まっているらしい。ライナの体が、ぷるぷると震えた。顔も(＞＜)になっていた。

かわいい。

ライナかわいい。

オレはかわいいライナの手から、肉と野菜が入った器を取った。

先のライナがしていたのと同じように、肉を野菜でくるりと巻いて——。

「はい、あーん」

「はぐっ?!」

「お返し」

「いっ、いやっ、しかし——」

「食べてくれないんなら、口移しで食べさせるけど？」

「わたしを殺す気か?!」

「イヤなら、あーん」

「はぐぅ……」

諦《あきら》めたライナは、あーん、して食べた。

口に手を当て、もぐもぐと噛む。

「おいしい？」

「幸せすぎて、味がわからん……」

「そっか」

オレは温かな気持ちで、二口、三口と食べさせた。

だけどけっきょくガマンできずに、甘いキスとかやってしまった。

◆　◆　◆

「ふぅ……」

食事が終わって一息ついた。するとライナは言ってきた。

「時にアマクサ」

「ん？」

「実はわたしは、近いうちに、少々遠出をしなければならん」

「そうなんだ」

「それゆえに――だな、その分キミに甘えておきたいというか……ミーア＝カラットから聞いた、『お見送り』というものをしてみたいのだが……」

「ミーアのか……」

オレはちょっぴり、嫌なものを感じた。

しかしそれでも、鎖骨《さこつ》のあたりで拳《こぶし》を握り、一生懸命な顔をしているライナを見ると――。

「わかった……」としか言えなかった。

「はぐぅ～～～～～～ん♡♡♡」

それがうれしかったのか、ライナはオレに抱きついて、めっちゃすりすり頬《ほほ》ずりしてきた。

最近会えなかった反動なのか、キャラが微妙に崩壊《ほうかい》している。

そしてライナは、オレの手を引いて玄関に立たせた。

「そこで待っていてくれ、アマクサ」

「うん」

オレがうなずいてやると、ライナはトテテと小走りで、部屋の奥へと移動した。

「リーズ！」

腕輪《うでわ》から荷物を出して、なにかゴソゴソやっている。

具体的になにをしているのかは、死角になっていてわからない。

しかしなにかをしていることは、物音でわかる。

「まっ……待たせたな」

「っ⁈」

しずしず出てきたライナの姿に、オレはブフォっと噴き出しそうになった。

着ていない。ライナは服を着ていない。**裸にエプロンしか身に着けていない**。

実際はパンツも穿《は》いているのかもしれないが、オレの視界からは、裸エプロンにしか見えない。

「『お見送り』をするなら、この格好であると、ミーア＝カラットは言っていた………」

わかつてる。あのこ。

オレはうきうきとしたが、ライナは恥ずかしそうである。

頬《ほほ》を染め、もじもじとしている。

そんなライナは、オレの嗜虐《しぎゃく》心と好奇心、探究心も刺激した。

そしてみっつの心を刺激されたオレは、ライナのエプロンに手を伸ばし――。

パラとめくった。

掟破りのエプロンめくり。一秒、二秒、三秒と、沈黙《ちんもく》の時が流れる。

ライナはパンツを穿《は》いていない。ゆえにかわいいえっちな場所は、完璧《かんぺき》に丸見えだ。

胸の奥がそわそわとした。

ライナのここは何度も見てるし、エロいこともかなりしている。だがしかし、『めくって眺めるプレイ』には、いつものそれとはまた違う、新しい感慨があった。

「はぐぅ――――――っ‼」

ライナがエプロンを押さえ、その場にぺたんと座り込んだ。

「どうしてめくるのだぁ！」

「その下が、パンツなのかそうじゃないのかが気になって……」

「ばかものっ！　ばかものぉ！」

ライナは羞恥で真っ赤になって、オレの足をぽこぽこと叩いた。
それがあまりにかわいくて、オレはライナを押し倒してしまった。

番外編その３　ロミナちゃんの発情期。

「これください」

「お買い上げ、ありがとうございます」

とある小さな雑貨店。赤いヘアバンドを買ったオレは、小さな袋に包んでもらった。袋を小脇に抱え、石畳の道を歩く。

向かっているのはロミナの店だ。

ティアナやカミーユとの件で、みんなとイチャついたオレではあるが、ロミナとはなにもしていない。ロミナは店が忙しく、手の空く暇がなかったらしい。

そういう事情があったなら、こちらから顔を出してやるべきだろう。

真面目に働いた『いい子』ほどわりを食ってしまうのは、けっしてよくない状況だ。

くだらないことを自分からやっておいて、見返りだけは人並み以上のものを求めるクズも、世の中にはいるが、ロミナはそういうタイプでもないしな。

そして、ロミナの店に着いたが……。

「あれ……？」

店の前には、簡易結界が張られていた。

色のついた黒いガラスのような、半透明の結界だ。地面に埋まっている結界石に、マスター登録をした人間がマナを注ぐと発動する。

結界石の耐久年数はおよそ半年で、値段は三万ルドぐらい。耐久性は、ちょっと硬いガラス程度。

地球におけるシャッターと思えば、間違いはない。

しかしシャッターと違い、結界石にマナを登録しておくと、そのマナの持ち主は結界を素通りできたりもする。

もちろんオレは登録済みだ。

結界に手を当てて、半透明の結界をするりと抜ける。

「レミナぁ、ロミナぁ」

返事はない。

どうしたんかな。オレは店の奥に入った。

すると――。

「つああっ！」

レミナが吹っ飛んできた。オレはガシッと抱きとめる。

「大丈夫かっ⁉」

「ぐっ……」

キツそうだな。

オレは、レミナが吹き飛んできたほうを見た。

「ラクトさん……？」

そこにいたのは、異様な様子のロミナであった。

上に着ているのは桜色のパジャマ。けれども、下にはなにも穿《は》いてない。上着の裾《すそ》が長いため、パンツの有無はわからないものの、ズボンは確実に穿《は》いていない。汗ばんだ素足や、白い太ももが剥《む》き出しである。

さらに手首と足首には、手枷《てかせ》と足枷《あしかせ》がはめられていた。中途半端に残った銀色の鎖《くさり》が、つい先刻まで、ロミナがそれに繋《つな》がれていたことを示す。

顔色は不自然に赤い。吐息は荒く、熱っぽい。どこかうつろな瞳《ひとみ》も含め、熱病にでもうなされているかのようだ。

「ラクトさん……。だめです…………。こないで……。離れてください…………っ！」

「そんなわけにもいかないだろ」

オレはレミナを置いて、ロミナへと近寄った。

「あうぅ……、あうっ、あうぅ…………。ラクト……さん…………」

ロミナは苦しげに呻《うめ》き、胸元を握りしめた。限りなくピンク色に近い、赤いマナが立ち込める。

「逃げて……。離れて……ください………」

ロミナの声は絶え絶えで、とても苦しそうだった。大いなる力に意識を乗っ取られつつも、カケラの理性で、なんとか声を振り絞っているかのようだった。

というより、それが真相なのだろう。

ロミナの店は性質上、正体不明のアイテムが持ち込まれることもある。

今のロミナは、悪魔的なものが入っていたナニカに触れてしまって、精神を乗っ取られかけているに違いない。

即席の仮説だが、大外れでもないだろう。ロミナがナニカに乗っ取られているのは確かだ。

オレはレミナをチラと見る。

レミナは苦しげに胸を押さえているものの、ダメージはそこまで深くなさそうだった。

レミナ相手でも、この程度なら――。

「大丈夫だ。ロミナ。思いっ切りこい」

レミナ相手にこの程度なら、オレに致命傷《ちめいしょう》を与えたりはできないはずだ。

怪しいナニカに力を使わせ、一度弱ったところで取り押さえよう。

「そっ……そうじゃなくって…………。あっ……あうっ、あうぅぅ――――!」

ロミナの小さな体から、赤いマナがドーム状に放出された。

それにふれたオレは、心臓がドクリと跳ねるのを感じた。全身の筋肉が固まる。ビックリ箱でも開けた時のように、それを知覚しながらも、体のほうが動かない。

その硬直は長くない。時間にすれば、コンマ三秒あるかないかだ。

けれどその一瞬で、ロミナはオレに飛びついてきた。そのままオレに、尻餅《しりもち》をつかす。

「はあっ……、あっ、あっ……、ラクト……さん………！」

涙がこぼれそうなほど、熱のこもったうるんだ瞳《ひとみ》でオレを見つめて——。


キスをしてきた。

それも舌が入り込む、濃くって熱いキスだった。

ぬちゃ……、くちゃ……と音が立ち、唇が離れたあとには、唾液《だえき》の橋がかかり——。


二回目のキスがくる。

舌に絡みついてくる熱い舌が、濃縮されたフェロモンを、直接流し込んでくる。

「あんっ……、あうっ……、あんっ……。ラクト……さん………」

オレの太ももにまたがっていたロミナの脚が、小刻みに動いた。

ロミナの秘部が、オレの太ももにこすれる。

「ああっ————————————んっ！」

そしてロミナは、甘ったるい声を出した。

「はあんっ、あんっ」

余韻《よいん》のような声を出し、ビクッ、ビクッと小さく震えたりもした。

しかし、ロミナの痴態《ちたい》は、それで止まりはしなかった。

「はあっ……、はあっ……、あんっ……」

甘い声をだしながら、オレのズボンを脱がしにかかる。

そしてオレのそそり立つソレに、あどけない顔をうずめた。

「っ……」

ねっとりと熱い触感《しょっかん》が、オレのソレを包み込む。ロミナは頭を、激しく前後させてくる。

「んうっ、んうっ、んうっ………」

その貪欲《どんよく》な勢いに、オレは怯《ひる》んだ。

ロミナにコレをさせたことは、何回かある。しかしいつもは、もっとためらいがちだった。

こんなに淫靡《いんび》で貪欲《どんよく》じゃなかった。

やはり、ナニカに操られているのだろうか。

なんてオレが思っていると——。

「うう………」

背中にムニュッと、やわらかなモノが当たった。

レミナであった。

レミナが苦悶《くもん》の表情で、背中から抱きついている。当たっているのは、言うまでもなく胸だ。

「アタシらな…………この時期、メッチャ発情するんだよ…………」

「発情……？」

顔を真っ赤にしながらうなずいたレミナは、死にかけた兵士のように言った。

「だから時期が近付いてきたら、クスリ飲んでやり過ごすんだけどよ……。今回は……クスリを売って、あとは、ロミとアタシの分だけっていう状況で……発情しかけの妹を連れてきた、発情しかけのねぇちゃんが来ちまってよ…………」

「売っちゃったってわけか……」

「アタシはすこし……、耐性あったし……。ロミはまだ……、発情したこと、なかったから……、なんとかなるだろう……って、思ってたんだけどよ…………」

「ならなかったわけか」

（…………こくり）

レミナは、苦しげにうなずいた。

「今のロミナは、性欲に操られているわけか」

「ああ……」

それはすばらしいじゃないか。オレはロミナの頭をガシッと掴《つか》んだ。

ジュポッ、ジュポッと上下させ、股間《こかん》の紳士にエネルギーを充填《じゅうてん》。オレの紳士を根本まで咥《くわ》え込ませて、白いペガサスを放った。

ごくん、ごくん。

流星のように広がったであろうそれを、ロミナは白い喉を鳴らして飲んだ。

「あうぅ……」

オレはロミナの脇に手を差し入れて、ロミナの上半身を起こした。

体をくるりとひっくり返し、ロミナの体を後ろから抱く。

パジャマの隙間に手を差し入れて、生の胸を揉《も》む。

「そういうことなら、今日は性欲が消えるまでかわいがってやるよ」

「そんな簡単じゃないんですよぉ～～～。あうっ！　わたしたちのこれは…………あんっ！　一〇回や、二〇回じゃ済まなくって……んん……っ！　途中でやめると、ものすごく暴れちゃったりして………あうぅんっ！」

乳首をキュッと摘《つ》まんだら、ロミナは激しい声を出した。ビクッ、ビクッと痙攣《けいれん》していく。

「あうぅ～～～～」

そして、ぐったりうなだれた。くんにゃり垂れたウサミミが、ピクピクと動く。

オレは無性にワクワクとした。

この世界のことは知らないが、地球のウサギは、生きるエロスだ。生殖欲がとにかく強い。オスとメスをいっしょにすると、一日ずっとやりまくることもあるらしい。

その姿から、イギリスなどでは繁栄のシンボルとされたりもしていた。

そんなウサギの獣人だ。エロくないほうがおかしい。

しかもここには、ロミナとレミナがふたりいる。

ひとりでも大変というお話なのに、ふたりそろったらいったいどうなってしまうんだ。

オレはゴクリとツバを飲み、レミナとロミナを仰向けに倒した。

右手と左手でふたりの胸を、ぐっにゅぅう〜〜っと鷲掴《わしづか》む。やわらかな肉が、オレの指の隙間からはみでる。

発情しているせいだろうか。ふたりの胸はいつもより大きく、揉《も》みごたえがあった。中身がぎゅっと詰まってた。

「あうっ……アンッ、らくと………さぁん」

「アタシの話……、聞いたじゃんかよぉ………！」

オレは、ふたりの胸を揉《も》みながら答えた。

「金を失うのは小さく、名誉を失うことは大きい。しかし勇気を失うことは、すべてを失うことに等しいっ！」

「こんな場面で使うセリフなんですかぁっ?!」

「もちろんだっ！　本当に正しいことのために戦ったのなら、負けても恥じることはないっ！」

「そもそも正しいことなのかよぉー！」

「決まってんだろっ！」

オレは、ロミナとレミナの股間《こかん》に手を伸ばす。

「あぁんっ！」

「ひぃんっ！」

「大切な女の子が（性的に）啼《な》いている。戦うことに意味がいるなら、それだけで充分だろっ⁈」

「カッコいいセリフを無駄に使わないでくだ────やあっ、ああっ、あぁんっ！　そんなにされたら…………」

「アッ、アッ、アタシたち、おかしく────」

「「あぁ────────んっ‼」」

ふたりが激しくド派手にイッた。背筋を弓なりに反らし、ビクンッ、ビクンッと激しく震える。

オレはロミナの足を開いて、グチュッと入れた。

「あぅ…………っ♥」

ぐちゅんっ、ぐちゅんっ、ぐちゅんっ。

オトコを受け入れることしか頭にないような、いやらしい秘部を突く。

ロミナとやってはレミナとやって、レミナとやってはロミナにぶち込む。

ふたりの持久力は、言うだけあってなかなかだった。

一〇回や二〇回はもちろんのこと、三〇回や四〇回でも終わらない。


「あうぅうんっ！」

「ひゃぁぁぁんっ！」

「ひぃいいいいいんっ！」

などと叫びはするのだが、数秒経つと、オレの体を求めて動く。

ふたりが発するフェロモンのせいか、オレのほうも衰《おとろ》えない。

魔剣《チンコ・フリッガー》の意志がおもむくままに、レミナとロミナのふたりを貪《むさぼ》る。

レミナとやっている時は、ロミナの秘部を指で攻めあげ、ロミナとやっている時は、レミナの乳首に吸いつきしゃぶる。

それでも一〇〇を越えたころ――――。

「ハアッ……♥　アんッ、アッ………♥」

中出しを受けたレミナが、ビクンッ、ビクンと痙攣《けいれん》し、ガクリと意識を失った。

「ついに堕《お》ちたか……」

魔剣に取りつかれているせいか、やたら黒い声が出た。

そしてロミナを犯しまくった。

まずは正常位で犯し、次に背後から抱きすくめ、大きくなっている胸を揉《も》みまくっては、さらに激しく突き上げて、一六ビートでヤリまくった。

ふたりに分散していた激しさを、ロミナひとりにぶつけまくった。

「ふああっ、あうっ、アんッ♥　あうっ、あうぅ――――！　あんっ……、もう、ダメですぅ。ゆるしてくださ……ひあぁぁぁんっ!!　あんっ！　あぁんっ！　ゆるしてっ、ゆるしてくださぁぁぁぁぁぁぁいっ!!」

などと叫んでも、許さずに突く。オレの股間《こかん》に座らせ突いて、乳首を激しく吸いあげる。

「あふぅんっ♥　あうっ♥　あんっ♥　ラクトさんっ、ラクトさぁぁぁんっっ♥♥♥」

そして最後は、ロミナもがっちり気絶した。

オレは気絶したロミナの中に、たっぷりと出した。

それでもなかなか収まらず、オレは気絶したふたりともやりまくってしまった。


〈『物理さんで無双してたらモテモテになりました』③へ続く〉

MONSTER bunko

物《ぶつ》理《り》さんで無《む》双《そう》してたらモテモテになりました②

2015年2月2日　初版発行

著者　kt《ケーティー》60
発行者　赤坂了生
発行所　株式会社双葉社
〒162-8540
東京都新宿区東五軒町3-28
電話　03-5261-4818（営業）
03-5261-4808（編集）
http://www.futabasha.co.jp
（双葉社の書籍・コミック・ムックが買えます）

印刷・製本所　三晃印刷株式会社
フォーマットデザイン　ムシカゴグラフィクス

ISBN978-4-575-75024-9　C0193
Printed in Japan

Mけ01-02